今日の奇跡

三浦千賀子詩集

Miura Chikako

三浦千賀子詩集　今日の奇跡　目次

I

挿画　三浦　勉
写真　三浦千賀子

今日の奇跡

映画「少年と自転車」より
2012.5

I

手紙

忙しい日常の
ほんの少しの
すきまに
私は手紙を書く

あなたへの感謝であったり
お見舞いの手紙であったり
消息を問う手紙であったり
詩集の感想であったり

ほんのすきまであっても
私は小さな心をのせたい
あなたを思う心を伝えたい
私がここにいることを

同じ時代を
あなたが生き
私が生きて存在する
ただその確認のためだけでも
私は手紙を書きたい

だから書いてください
あなたが日々生きている
その息づかいが
伝わってくるような
そんな手紙を
書いてください

こころ

こころというのは
ひとつの家である
どこまで広く
どこまで深いのか
本人でもつかむのは難しく
時として
突然行き止まったりする

こころには
もう一人の自分が
常駐しており
私の一部始終を
客観的に見ていて
ときに励ましたり　叱ったり
皮肉ったり　突き放したりする

ハンディを抱えた私が
それでも頭を上げ
思うままに生きてこれたのは
その相棒のお陰かもしれない

粘っこい相棒は
諦めることを許さなかった
見て見ないふりをすることを許さなかった
おかげで私の人生は
やたら忙しくなってしまった

こころというのは不思議である

仕事や家事や友人関係や
目の前の瑣末なことに
翻弄されがちなのに
空や雲や星やの
美しい空の変化に敏感で
ことばでは示されないメッセージを
受けとめる
奥深さをもっている

人生を豊かにいろどってくれる
頼りになる相棒でもあり
時にまるごとの私を受けとめてくれる

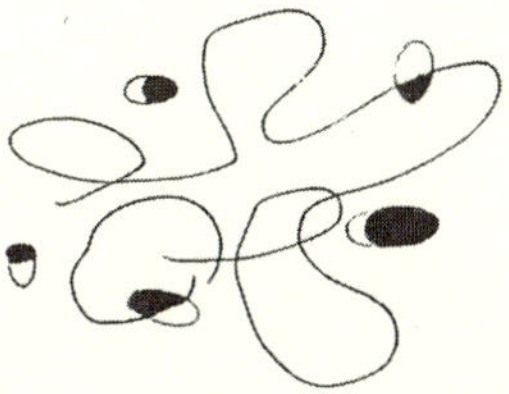

いつかわたしは

いつか私は
あの白い雲の水蒸気になる

いつか私は
流れる水の一滴になる

いつか私は
サラサラ揺れる木の葉の葉脈になる

いつか私は畑の土になり
作物となって人の体に入る

そう考えたら
もう一度人間に
生まれ変われる日が来るかも

そのとき
もう一度
出会えるだろうか
あなたと
胸ときめかせて

そのとき
もう一度
あなたは
見つけてくれるだろうか
この私を

一つの意思

一つの意思のように
真っすぐに
太く
伸びていく

柔らかな　すじ雲や
わた雲の中を
際立って
飛行機雲

若いころの私にとって
恐れない心だけが
どんな逆境をも
切り開いた

厚い雲や
向かい風が
ときに行く手を
阻んだが

それがあったから
意思を貫けたかも

一つの意思のように
真っすぐに
伸びていく
飛行機雲

風の精のいたずら

風が強く
木漏れ日がキラキラと
映える朝だった

バス通りを歩いていたら
後方からバスがやって来たので
慌てて
停留所めざして走る

足の悪い私が
走っても追いつかない
あゝ　今日もダメか
と思っていたら

バス停にいた
背の高い青年が
ふと私の姿を認めた

それから
彼の動作は
スローモーションになった
バスが止まっても
乗降口に足をなかなかかけない

私の方を見ながら
ゆっくりしている
―大丈夫
と言っているように

私が青年を目の前にしたとたん
彼は乗り込んだ
まなざしの深い若者だった

それはほんの十秒にも満たない
短い時間だった

ここは風の通り道
木の葉がくるくると転がる

あれは風の精の
粋な
いたずらだったのだろうか

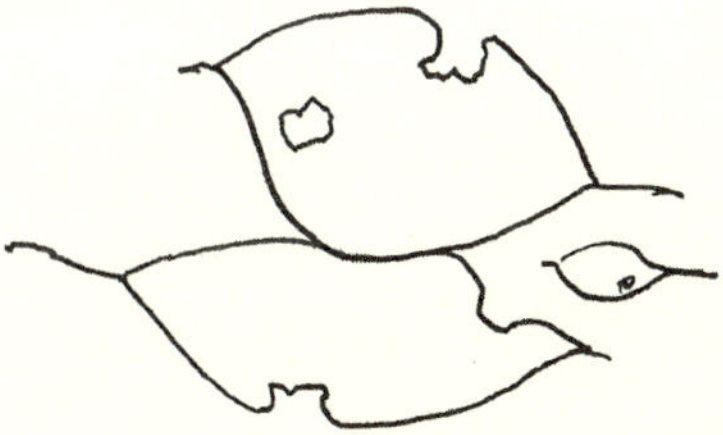

このからだが

このからだが
勤労学生の夢を実現するべく
労働と勉学の
過酷な試練に耐えた

このからだが
心を引き連れて
あなたに抱かれた
右股関節の不自由をかかえて

このからだが
人生で一番元気盛りの
中学生たちと格闘した
学ぶことの本当の意味を

手渡すために
「病院とお薬がお友達」と
あなたに笑われながら
なんとか今日まで
持たせてきた

どんな圧力にも屈せず
信じるままに生きてきた
身体は不自由でも
心は自由だった

良く働いたこのからだが
まだしようとしている

世の中の理不尽に
押しつぶされようとしている
多くの人々を前にして

湯船の中で
ほんのり赤らんでいる
このからだ
少し故障も出てきているが
もう少し
頑張ってくれますか

心の空白

中学2年生のときに
別れた母が
いまも神戸にいる

ほんのときたま
思い出したように
会いにいくが
年相応に母は老いていて
むかしのことなど
忘れてしまったようだ

三人の子を置いて
別の男性に走ったことなど

そのとき私は
まだ思春期なのに
学んでしまったのだ

どんなに嘆いても
戻らぬものがあることを

失ったものを諦める
悲哀に耐えることも
人生であることを

誰かのせいにして
人生を棒に振ることだけは
したくないと

だから真っすぐ
思うままに
生きてきた
心の芯の部分に
足りないものをかかえながら

教壇に立った
中学生に出会った
私はかつての自分に
出会いなおしながら
彼等に足りないものを
補うことを
自分に課した

心身に障害をもつ子ども
居場所がなく荒れる子ども
親の愛に満たされない子ども
かつての私がそこにいた
子どもらはどんな難題にも
確かなヒントをくれた

彼等と共に
何かを乗り越える度に
私の心の空白は
埋められていった

見上げる

バス通りを歩いていると
大きなアーチ型の
飛行機雲がかかっていた
左から右へ
顔を傾けて
しばらく見とれていた

人はなぜ空を見上げるのだろうか
澄み渡った青空
入道雲がムクムク浮かぶ空
やさしいすじ雲が流れる空
茜色に染まった雲や空

見上げる時　問うていることがある

これでいいよねと
形のない勇気が
そっと降りてくる

見上げることで立て直そうとしている
沈んでしまいそうな心を

見上げることで　感じている
みずみずしい感受性が
枯れずにあることを

太古の昔から
人は空を見上げてきたのだろうか
そのとき人々の

心の風景に去来したものは
何だったのだろう
何千年　何万年の
人類のＤＮＡが
見上げるという行為に
受け継いできたものとは

私は今日も
空を見上げる

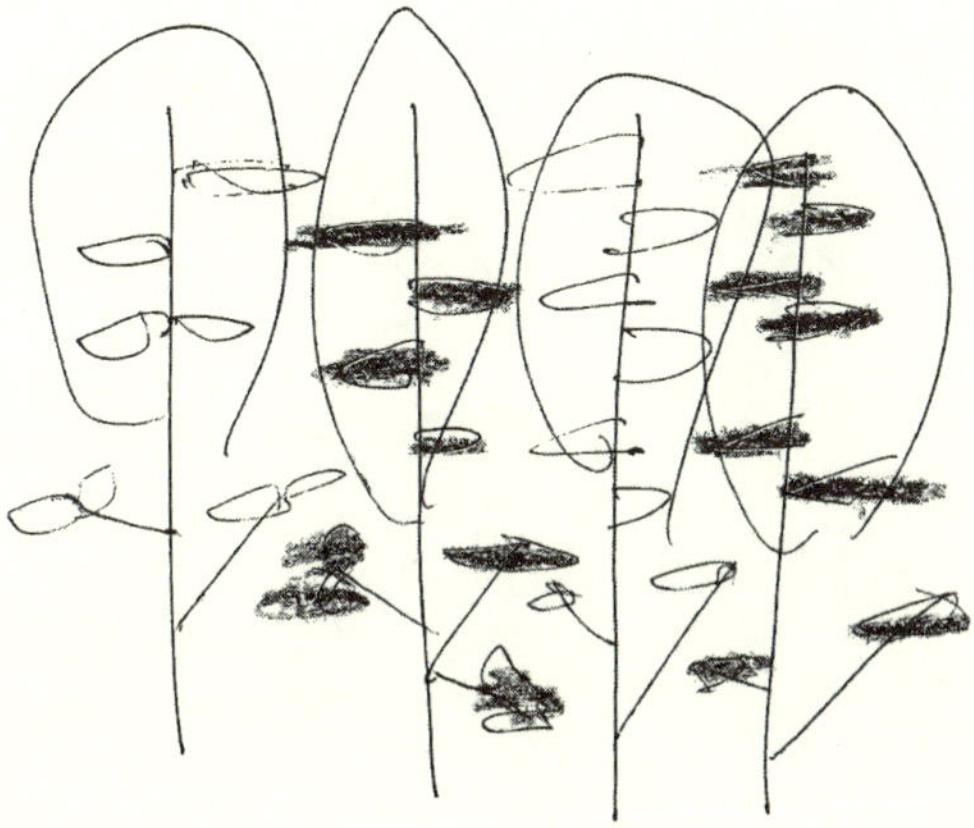

私の人生

母を失ったこと
右足の自由がきかなかったこと
それらが私の人生に
与えた影響は
計り知れない

人の悲しみを知るにおいて
人の喜びを知るにおいて
人の苦しみを知るにおいて
人を愛する喜びにおいて

それらを見る目を
それらを感じる心を
人とつながろうとする力を

与えてくれたため

私の人生は
やたらと忙しくなってしまった

汽笛

いよいよ出航というときの
あのボーという
汽笛の音が好きだった

寄る辺なさと期待とが
ないまぜになった
感覚におそわれるのだ

早くから
精神の自立を強いられることを
予感していたのかも知れない

母が家を出て
母港を持てなくなった人生に
休息はなかった
今も航海途上である

白いパラソル

白いパラソルをさして
歩きます
バス通りの並木が
濃い影を落としている昼下がり

白いパラソルをさして
歩きます
木漏れ日の影絵が
白いスクリーンを
ころころと転がります

十二歳で母と別れ
娘時代を母と過ごせなかった
白いパラソルは

その夢のようです

働きながら夜間大学で学んだから
おしゃれからも遠く
貧しい娘時代でした

でもキャンパスで
あの人と出会ったのです
水銀灯の灯るころ
わたしは胸をときめかせ
大学の門をくぐったのです
貧しい一人の労働者と
恋をしたのです

白いパラソルをさして
歩きます
娘時代に一度でも
母と肩を並べて歩きたかった
白いパラソルは
娘時代のわたしの夢です

永遠の恋人

それは　あなた
遠い大陸から
草原の香りを運んでくれる
樹々をざわめかせ
するりと
私の手のひらをすり抜けていく

それは　あなた
風雪に耐え
雄々しく佇《たたず》んでいる
届かぬ梢
ときにささくれ立った樹皮が
私を遠ざける

それは　あなた
晴れた青色から茜色
星々が降る宵まで
私を誘《いざな》ってやまない
憧れの
優しくて遠いあなた

それは　あなた
私の心の淵に
絶え間なく寄せては返し
囁《ささや》き続けるのに
その懐《ふところ》に抱かれるには
とび越えなければならぬ岸がある

きまぐれな風
孤高のメタセコイヤ
八方美人な空
魅惑の海
あなたは私の
永遠の恋人

刻む

キャベツを刻む
いかに細く切れるか
細胞再生作用のある
大切な野菜だ
と思いながら

ニンニクを刻む
みじん切りにし
炒め物などに入れる
ガン予防ナンバーワン
と思いながら

葱を刻む
冷やっこや味噌汁に
ツンと鼻を突く
青臭いにおいが好きだ
鎮静作用によいのだ
と思いながら

思えば台所に立って
どれだけ野菜を刻んだことだろう
その時その時の思いを抱え
刻みながら自分に問いかけ
心の引き出しに
一つ一つ整理して収める

女に刻む行為がなかったら
そのほとばしる想念を
制御できなかったかも知れない

しあわせ

朝のおでかけのとき
美しい空が出迎えてくれたら
しあわせ

駅頭に
いつものビッグイシュー販売人が
立っていたら
あんしん

相談にくる青年の目に
やさしい光があれば
心に灯がともる

そして一日の終わりに
香り高いコーヒーが飲めたら
しあわせ

自転車乗り

ハンドルに
夢を乗せる

ペダルに
希望を乗せる

光の中で踊る
若葉の重なり
風は頬に
涼しく
一直線に伸びる飛行機雲に
未来を見る

憧れの自転車乗り

白いワンピースを翻して
駆ける

もう六十八歳の私が
未だに憧れているのだ

ある日　友人が言う
あなたのように
自分の思いを詩に表わせたら
どんなにいいだろう

―ああそうなのか
互いにできることや
できないことを

積み重ねて
それぞれの
人生を辿ってきたのだ

あなたのことばを通して
私とは違う人生を
私とは違う生き方を
想像してみなくては

自転車乗りは
ない物ねだりかも知れぬ

雑巾を新調したら

雑巾を新調した
空気を含んでふうわりしている
真白い雑巾
手にもやさしくなじみ
トイレの便器も喜んでいる

くたびれた雑巾は
繊維がとれて
便器の曲線に沿っても
なめらかに拭けない
余計な力がいるのだ

なのに日々の忙しさにかまけて
雑巾を新調する余裕さえなかった

雑巾を新調するだけで
拭き掃除が楽しいなんて

そんな発見をして
ルンルンとした気分で

対象物を柔らかく包んで
拭いていく

心だって
きっとそうなのだ
ちょっと見方を変えれば
肩の力が抜けるはずなのに

こうあらねばならぬと
自分をしばっている多くのこと
今日も夜になると
明日のカレンダーを見て
カバンの入れ替えをしている私

くたびれている
心の雑巾を
新調しなくては
明日の出会いを
真新しいものにするために

弟

十才のとき
母を失った弟は
その傷を埋め合わせるために
人生の大半を生きてきたのだろう

私が中学二年生のとき
母は他の男性と恋に落ち家を出た
その母を探しに行こうと
父は三人の子どもを前に
初めて涙をみせた

中学生だった私と妹は
行くことを拒んだ
結局母が恋しいまだ幼い弟が
父に連れられて旅に出た

四国の旅館などを訪ね歩いて
男性と逃避行の母を追ったが
結局、母は帰らず
取り返せぬ心の傷を負ったのだ

その弟が
電機大手の会社を辞め
香港に起業して
しばらくすると
中国の女性との関係ができたらしい

弟は

あのときの子どもの心のまま
大人の男性になりきれず
自分にすべてを尽くしてくれる
母性を求めつづけてきたのだ

大阪にいる
妻のくらしも
その心も顧みないで
自分の心の遍歴のままにいる
弟の生き方を認められない私だが

弟の心の闇を
埋めてやれなかった
無力な姉であったことを
自省している

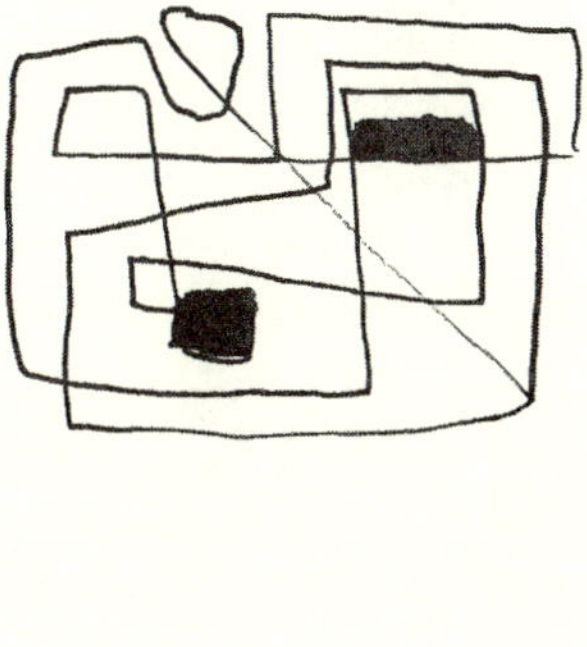

存在を失うということ

教育相談から
やっと帰ったら
何だか様子がちがっていた

台所に食べた後の食器がそのまま
几帳面な夫《ひと》らしくない
ふと不吉な影が宿る

スリッパは玄関の上がりがまちに
きちんと揃っている
携帯電話は書斎の棚にある

しばらく落ち着かず
風呂場を覗いたり

夫の気配を探っていた

二時間ほどして

「今日はズボラしてしまった」
と笑いながら夫が入ってきた
胸の中にかかっていた靄が
やっと晴れる

しかし、あの日
いつもの様に
笑いあった夫婦が
親子が
互いを失った

永遠に
少しの気配も残さずに

その絶望を
底なしの寂しさを
思う

人生

きりっと頬をひきしめる
冷気が去っていこうとする季節

気のせいか
今夜は星がいっぱい
一つ二つ・・星をかぞえる
十二までかぞえた

二月の月が
黄色く笑っている

向かい風を正面に受けながら
歩み続けるしかなかった
若い時代

その心の軌跡のつづきに
私の生はある

だから冬が去ってしまうとき
　いいようのない寂しさにおそわれる

冷気に頬をさらし
向かい風に歩を進める
それが自分らしかったのだ

もうすぐ春
人々の頬がゆるむとき
私は人知れず
寂しさをかみしめる
もう行ってしまうの・・・と

アイロンがけ

秋のおだやかな
陽射しのふりそそぐ和室で
アイロンをかける

仕事に出かける前の
つかの間の三十分
忙しくて
アイロン台の上に積み上げていた
シャツ類を一枚ずつ

小さなしわ一つも
伸びていくのがうれしい
張り替えたばかりの
障子の隙間から

黄花コスモスがゆれる

アイロンを発明した人は
どんな暮らしの中で
それを発想したのかと

思い巡らせながら
アイロンをかける

愛用のシャツ類が
新品のように
仕上がってゆく

ひとつぶの種

風で運ばれたか
小さな小さなひとつぶの種
コンクリートの隙間の
わずかの土に着床して

いま種のいのちを
全うするために
白い小さなすみれの花を
つゆ空に咲かせている

小さな私
生まれて間もなく
右股関節の自由を失い

十二歳で母と別れ
危なっかしい人生を
生きてきた

恋もし結婚もした

あこがれの教壇にも立ち
やんちゃな生徒や
障害をもつ子どもたちとも対峙した
激動の日々
働くものの権利を守って
当局と交渉もした

ちっちゃな無力な私には

できすぎの人生
いま、のこり火を
燃え立たせて
生きる
右足をなだめながら

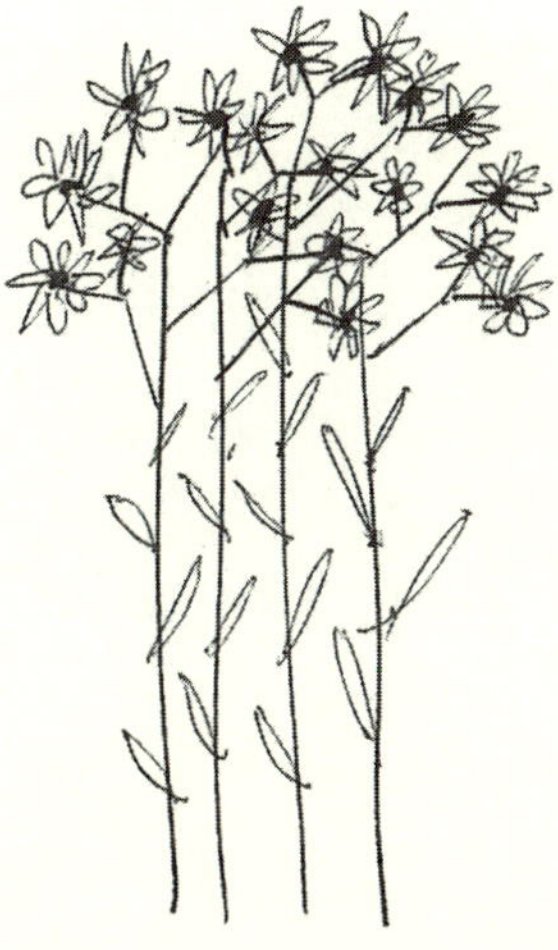

驟雨

そとは急な驟雨
森の緑は
豊かな水を受けとめて
歓喜だ

雨つぶが
ベランダの天井をつたい
樋をつたい
リビングの出窓にも
宝石の足あと

窓の網戸を開けると
むわっと
雨の匂いが飛び込んでくる
思わず大きく息を吸い込む

部屋の中には
アダージョのピアノ曲が流れる
演奏者の指先が
その心情を弾きだす

パソコンに向かって
詩を入力していた手も止まる
こころに沁みる雨音
駆け抜けていく大気の恵み

静かに耳をそばだてる
ほんのひとときの安らぎ
窓際のベゴニアの
オレンジの鮮やかさ

墓参り

久しぶりの墓参りである
対になった新しい花が活けてある
妹か弟が来たのであろう

もったいないと思いながら
その花を抜いて
自分で選んだ花を
切りながら好みで活ける
私流の墓参りだ
今朝もセットの花を買おうとしたが
花の顔を見てやめた

線香が点《つ》かない
どんなに墓の陰に
うずくまって風を避けても
親不孝をなじられているな
と思いながら何度も挑戦

マッチがあと二本でお終いというときに
やっと線香に火が点いた

ごめんね
でも一生懸命生きているから
見守っていてねと
無信心な私が
手を合わせる

寄り添うこと

白い野菜があり
赤と緑の野菜があり
大豆製品があり
海藻類があり
キノコ類があり
メインの魚肉があり
穀類があって
私はようやく
自分にオーケーする

毎日の食事づくりである

悲しみの心
喜びの心
苦しみの心
むなしさの心
寂しさの心
愛を求める心

それらに
どれだけ寄り添ってきたと
言えるだろうか
すぐそばにいる人に

心は数では計れない
心は形では計れない
計れるのは
想像力だけである
寄り添うことに
オーケーは難しい

お月さまのような

たった二つの
まあるいものを
浮かべただけの
柚子風呂

ガラスの外では
風の音と
雑木林のざわめきが
終わりのない
おしゃべりを始めている

デコボコの
すりガラスは
物語が始まったばかりなのに
もう次から次へと

涙を流している

きっと
凍てついた
あの街の物語だ
夏の終わり
瓦礫の中に咲いている
ひまわりを私は見てきた

ぽっかりと
お月さまのような
二つの黄色いもの
その柔らかな香りが
空っぽのこころを
満たしてくれる

船旅

船で出会った見知らぬ人々は
なぜかみんな優しかった

車椅子の奥さんとサポートするだんなさん
なぜかその雰囲気にひかれた
不自然ではない互いの優しさが
やわらかく二人を包んでいるのだ

生まれて初めてやった
ルーレットゲーム
紺の背広を来た会社員風の男性が
横からいろいろアドバイスしてくれる
それにも押しつけがましさがない

受付の美しい女性は
事務的対応やマニュアルぽい言葉でなく
相談事や質問に応えてくれる

いろいろなプログラムが組まれていて
三人組のジャズの演奏があった
感激したのは
会場で待つ人々に
無料のコーヒーがふるまわれたこと

最初に乗船した時も
このジャズ演奏に迎えられた
演奏の後も
ジャズマンたちは

気さくに参加者とジャズの話で打ち解ける
鉄路ではおよそありえない
交流があったのだ
海の上に隔絶された世界が
人へのなつかしさを誘うのか
海や船が好きだから
人にやさしくなれるのか

心を解き放てる船旅に
病みつきになりそうだ

パキラのこと

継母《はは》はそこまで見通していて
あの木を引っ越し祝いに
贈ってくれたのだろうか

リビングで
大きく葉をつけているパキラ
一番寒い季節には
葉が黄色くなり
ハラリと落ちる

昨日も一枚
今日も一枚
その葉が落ちると
不安な気持ちになる

継母は三年前に亡くなった
救急車に乗り込んで
夕暮の街を走った

その継母が
まるでそこにいてくれるように
継母は、この木が
自分より長く生きることを
想定していたのだろうか

熱帯生まれのパキラは
寒さに弱い
しかし花言葉は

快活・勝利・幸運を呼ぶ
白い花が咲くらしいが
この十数年見たことはない

あわてて私は施肥をし
少し水やりをする
パキラが少しでも
長く生きてくれるように

あせ

額から　あせが飛ぶ
目のなかに
鼻筋に
全身　あせまみれ
胸から
背中から
内股から
下肢まで

―見て　こんなにあせ！
笑いながら
ラリーを続ける
男性に話しかける

かつて
小学生だった私は
中学生だった私は
校庭の木の下で
いつも一人で
体育を見学していた
ビリでもいいから
みんなと駆けたい　と願いながら

今、卓球の上手な男性とも
ほとんど対等に球を打たせてもらっている私
こんな幸せを
カミサマは
くださったのだ

仕事をやめてから
市の教室に思い切って入った
私にもできるスポーツがあった

時計が鳴って
違う相手にチェンジだ

ばあちゃん

ふうっと小さな泡をふいて
ばあちゃんは息絶えた
一九七二年四月九日　午後四時・・・
大きくふくれあがった腹部に
骨と皮だけの
やせた手をもちあげて
息をひきとる寸前まで
お腹をさすろうとしていたばあちゃん

八十六才
明治・大正・昭和の三時代を
文字のひとつも読めないから
人間らしい喜びや
人間らしい生き方を
知るすべもなく
歴史の歯車が
働く人々の団結を
大きく　かきたてていくという
時代の息吹さえ
知ることもなく

ただ
がむしゃらに生きてきた
ばあちゃん

元気なころは
他の誰よりも
足の悪い私の将来を案じ

幼くして母と生き別れになった
弟や妹を案じ

後添いとしてきた
継母への配慮もなく
意固地なほどに
私たちを庇護しようとしたばあちゃん

内心どんなに私が迷惑がろうと
ばあちゃんの人生観は
固い信念に貫かれていて
貧乏人の
悲しい打算の心を
そのままもって
死んでいった
ばあちゃん

ある冬の夜
火鉢の中の
炭火をつつきながら
あの胸の痛くなるような
話をしてくれた
ばあちゃんのことが
忘れられない

和歌山県東牟婁郡敷屋村の
人里離れた山の中で
誰からも介抱されず
たった一人で
ばあちゃんは
赤子を産んだという
「それがおまえたちの
父さんなのだよ・・・」と

陣痛の痛みが
波のように
徐々に
拡がってゆく中で
ばあちゃんは
自分を励ましながら

まきで火をおこし
かまで湯を炊いた
たった一人の孤独の中で耐え
陣痛の苦しみを
ばあちゃんは
全身の力をふりしぼって
赤子を生みおとし
自分でヘソの緒を切った
「ああ、その時のことというたら・・・」

一瞬、
軽い悲鳴のような声をあげて
その身震いするような
激痛を思い起こすかのように
私たちを
見すえながら
ばあちゃんは
話してくれたものだ

生みおとしたばかりの赤子を
自分で用意したたらいの中で
うぶ湯をつかわせたという
ばあちゃん

翌朝早く
疲れきった身をひきずって
まだ明けきらない

冷たい大地に向かって
鍬をふりおろしたという
ばあちゃん

想像もつかぬほど
胸の痛くなる
ばあちゃんの話なのだ

息をひきとった
ばあちゃんの顔には
苦しみはなかったが

晴着を着せようとして
黄色くむくんだ
ばあちゃんの足を
そっともちあげると
破れたヒフから水が流れてきた

あゝ
いま
ばあちゃんの人生が
ばあちゃんの死に
集約されてゆく

私は思いをかみしめて
ばあちゃんの冷たい足に
包帯をまいていった

＊もう四十年も前に書いた詩である。なぜか、それから出版した私のどの詩集にも、この詩が、入っていなかった。それで、ここに再録することにした。あの冬の日のばあちゃんを思い出しながら・・・。

コーヒータイム

入院している夫と
お茶の時間をもつために
お湯がもらえる場所をさがしたがなくて
看護士詰所で
二つの紙コップにお湯を入れてもらった

あーこれはダメだ
その日以来
ドリップしたコーヒーを
卓球のとき使っている水筒に入れて
毎日持っていった
とっておきのお菓子と共に

夫はその時間を
とても楽しみにしてくれた
カーテンで仕切られた
非日常の空間で

二人で飲むコーヒーは
いつもと少し違う味がした
秘密のいたずらをしているような
気分で

まだ肌寒い春の初め
コーヒーを水筒に
十五日間こりずに通った

私たちの初めての危機だった

どう乗り越えるのか
わたしには他の方法は浮かばなかった

二人のコーヒータイムが
いつまでも続きますように

ただ一つの後悔

小さな制服に
つつまれて
子どもたちが
男女手をつないで
並んで歩いていく

その列の
後ろの子どもたちに
夫は笑顔で
声をかけ
手をふっている

あゝ　私が
ただ一つ
後悔するとしたら

この人に
かわいい生命を
抱かせてあげることが
できなかったこと

この人に似た生命に
伴走して
人生の一時期をともに生きる
体験ができなかったこと

だから私は
ときどき
この人の子どもになる
高い高いを
してもらって

私が大事にしてきたこと

ハンディを理由に
弁解したり
あきらめたりしないこと

弱い人
問題を抱える人の
内面を　汲みとること

権力的なものに屈して
物言わぬ風潮に
反旗を翻すこと

人を愛すること
自然を愛すること
心のアンテナを枯らさぬこと

明日を思いわずらうより
今日を生きること

心の糧

朝刊を読んでいた私の心を
耳慣れない言葉が射た
―太陽の爆発
米気象衛星は
2005年以来の規模の
放射線を観測したという
高エネルギーの粒子が
地球に向かっている

今日はわが家の掃除日
気温4度の冷気の中
窓を開け放つ
すべての窓やドアの取っ手を拭く

太陽のご機嫌が気になって
外を見る
森の上に
少し雲に囲まれながら
穏やかな陽射しを届けてくれる太陽

ベランダに干した
布団や毛布にも
その恩恵が降り注ぐ

大きな傷を負ったはずの
太陽が
今日も変わらずにいてくれる

明けない夜はない
という言葉が
さまざまな困難にあえぐ人々の
心の糧となってきた

誰もその存在を疑わない
私自身もなお生きてあることを
その不思議を思う

失うことで生まれるものが

初めて杖をついた

平和行進の最後尾を歩いていて
赤信号のところを
警官に走らされ
前のめりになったのをやっと支えた
そのまま事無きを得たと思ったが
真夜中トイレに行くときに
伝い歩きしかできなくなっていた

翌日は障害を持つ子どもとお母さんの
相談に行かねばならなかった
スイス山歩きのときに買った

イタリア製の杖を夫が出してくれた
体重をかけるのを分散すると
痛みがましになるように思えたので
とりあえずでかけた

杖をもってバランスをとるのは
難しい
これにもたくさんの経験がものを言うのだろう

駅へ向かう時
通路の手すりに
ほとんど崩れるようになりながら
やっと体を支えて歩いている女性を見た
彼女をいとおしいと思った

―あなたの一日は
　毎日どんなにか大変・・・

杖初心者の私は
おそるおそる階段を降りる

家を出てからの私の視線は
足元を外せない
低く狭い視野の中に
それでも杖のあなたや
車いすのあなたが通り過ぎる

退職してから街を行き交う人の中に
杖の人が多いことに気がついていたが
自分がこうなってみると
一歩一歩がせつなくいとおしい

幼いときの結核性股関節炎で
右足が不自由にもかかわらず
中学校の教師になった
様々な市民運動にも関わってきた
生きたいように生きてこれた
その有難さが身にしみる

いつもとは違う風景の中で思う
失うことで生まれるものがあるだろうか

終わりは始まりの序章

一つのことが終わった時
人は涙を流す
人は失ったものの大きさに
打ちのめされる
生きていたくないとさえ思う

想い出の場所は
胸をしめつける
想い出の品は
愛しい人との記憶

それでも時は止まらず
いのちは生まれ
花は咲き
鳥は歌う

涙を流しきったあとの
かわいた頬を
風が撫でる
人はいつしか
生きようと
歩み始める

足もとに
草々の小さな花
虫たちの合唱
ひたむきに生きる
人々の
足音が聞こえる

Ⅱ

君の背中に

君の背中に
八の字に
大きなカバンが二つ
揺れている

春休みの時期
クラブ活動なのか
電車に乗っていく高校生の君

重そうなカバンに
君の夢への重さが

これから歩んでいく
人生の重さが
ぶら下がっている

大人たちよ追い立てるな
君らの轍を踏ませるな
彼等がゆっくり歩めるように

深まる闇の中で

たくさんの
エントリーシートを書きながら
日々　若者の心から
奪われるもの

面接にも辿りつけず
拒否され　否定され
捨てられる　こころ

〝努力すれば報われる〟は
神話になりつつあり
引きこもり　自分を責める
若者が増える

仕事に張り合いを見い出し
恋もし　夢も持ちたいのに
年収二百万円以下の
低所得の生活にあえいでいる

経済大国日本の
闇である
そういう繰り返しを体験して
柔らかな若者の心は
むしばまれていく

深まる闇の中で
光を求める
声たちが

そこ　ここに　ひそんでいる

心の声を
言葉にしなくては
心の声を
行動に移さなくては
あなたたちの声が
時代を変える

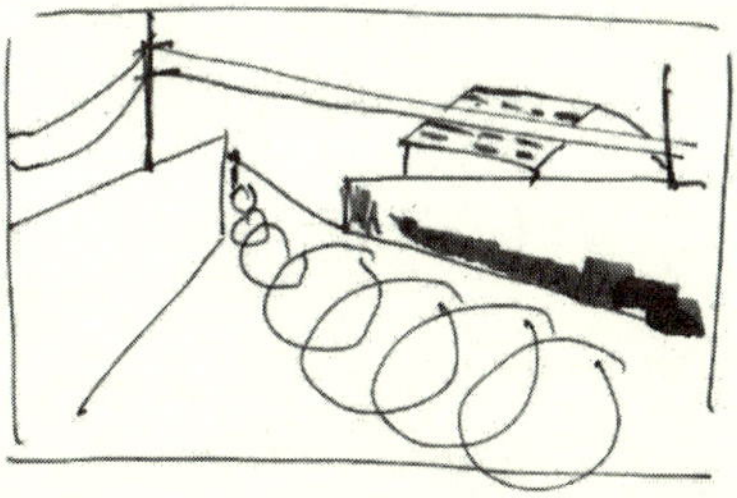

君が世の中に出るということは　I

心と体の微妙な
バランスを保つことが
難しい君は
今は電車にも乗れないし
もちろん買い物にも行けない

父母《ちちはは》の別離と
新しい家族の中で
抱き続けている違和感を
いつか乗り越えることも
一つの課題だと
君は感じている

しかし

君が世の中に出るということは

君の全人格をデビューさせること
小さいのか大きいのかわからないが
一つの波紋を投げかけること

人を愛するにしても
人に愛されるにしても
君だけの手ごたえを感じるということ
五感のすべてを通して
君らしく生きるということ

君が世の中へ出るということは
未知との遭遇

まだ見ぬ人との出会い
君を待っている仕事の手ごたえ
そして人生を生きる勇気の意味を知ること

奴らを通すな！

もうこんなところまで
きてしまったのだ
いつのまに？

あなたが仕事を探し
使い捨てられ
自信を失くし
存在自体を呪っているとき

それを好都合だと
ほくそ笑んでいる人たちがいる

教壇に立っていた時
教え子を戦場におくらない、は
あたりまえで疑いのないスローガンだった

学生時代のベトナム反戦から
イラク戦争反対まで
「平和」は世代を越えた
不動の砦だったはずだ

ところが
情報が隠され
知ろうとしたものが罪になるというのだ
いつの間に事態が進んでしまったのか

介護の厳しい現場を支えているあなた
ブラック企業で睡眠時間を削って働くあなた

非正規労働で結婚もできないあなた
選挙にも行かないでいたあなた

実はあなたたちの問題なのだ
物が言えるいまのうちに
あなたはどうしたいのか
私は平和のバトンを渡したい
受け取ってくれるなら
一緒に事態を打開しよう

もうこんなところまで来てしまった
後もどりはできないんだよ
奴らを通すな！

教えるとは

教えるとは
学ぶことである
教えるとは
注入するということではない
一人一人の子どもの心の
入り口をさがすことである
そのために子どもから
学ばなくてはならない

教えるとは
手探りである
ときどき
思わぬ宝物を
発見してしまう

*

教えるとは
過去の自分に
出会うことである

恥ずかしさや
自信のなさや
大人への不信や

子どもの悲しみを
リアルにとらえて
子どもの前に
立つことである

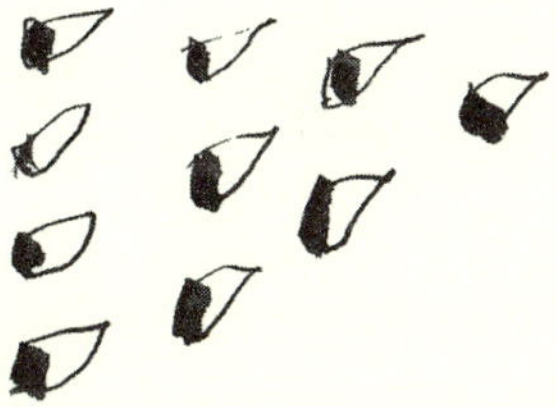

今の自分は好きです

この十年間何をした?
1ミリでも前へ進んでみなさい

こんな言葉を
母から投げつけられたら
ようやくゆるんできた心を
又、自分で傷つけてしまうかもしれない

でもあなたは
へこまなかったと言うのです
それが今までのボクと違う
ボクが1ミリ進んだとしたら
このこと

どうしたいの?
何でもやりたいことをやれば
刃の様に迫る言葉は
正答を求めている

就職する
何か資格をとる
ボランティアでもする

自分はやりたいことをやっている
ギターを弾くこと
音楽を聴くこと
たまにコンサートに行くこと
本を読むこと

絵を描くこと

何も言えなくなって
いつも黙ってしまう
何も考えないわけではないが
そんな返答ができる
今のボクではない

みんなが学校に行っているのに
自分はさぼっている負い目

安心したことはない
心底楽しんでいたことはない
時間が過ぎてしまうのを
どうしたら止められるだろうか
母が帰ってくる時間を思って

おびえていた
消えたいと思った

一度火をつけたことがある
自分で消した
誰にも迷惑をかけないで
死ぬことはできない
死ぬんじゃなく消えたかった
よくもまあ生きてきたもんだ

生きててよかった
不登校しててよかった
引きこもっててよかった
と納得することはない

でも今の自分は
どちらかというと好きです

ギターのメロディーとあなたの歌に
載せる想いを初めて知った
その時だけは
あなた自身であると

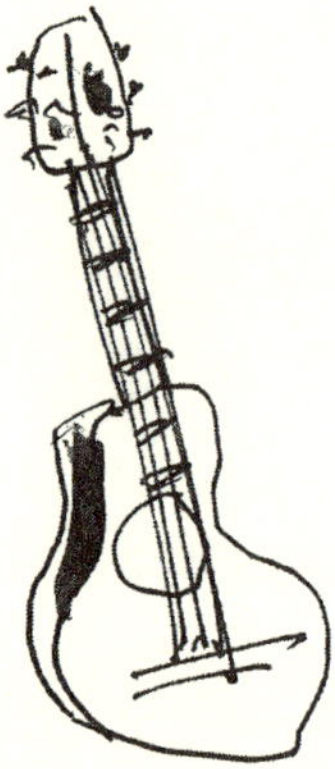

恋

恋をすることは　勇気である
相手にひかれるがゆえに
身も世もなく　露わになること
自らを解き放つこと

恋をすることは　勇気である
未知の人格への挑戦
自分の人格をも問うことである
そのままの自分をぶつけられるか

恋をすることは　勇気である
二つの航路が交差する
他人の人生を
わが身に引き受けることができるか

草食系とかセックスレスとか言われながら
新しい男女の在り方を模索している若者
彼等に必要なのは
等身大の自分を認めること
風に吹き飛ばされそうな互いを
愛しいと思えるかどうかだ

君が世の中に出るということは　Ⅱ

ついたばかりの仕事場で
何も教えてもらっていないのに
即戦力と
言われるかもしれない

ちょっとしたミスをとらえられて
君の代わりはいくらでもいる
まるで部品のように
言われるかもしれない

日本の物づくりの現場が
衰退していっている
ていねいに技術を伝え
若者を育てないことで

安い労働力を求めて
海外へ工場を移し
産業空洞化が進んでいること

だから必要なのだ
もたもたしてもいい
なんとか学ぼうと　仕事をしようと
諦めない君が

君が世の中に出るということは
この国の在り方を
根本的に変えないと
成り立っていかないことを

君自身の存在で示すこと
労働を安く売らないこと
人間らしさまで売らないこと
必要なときは声をあげること
本当に君らが自立できる時は
この国が変わる時かもしれない

希望

貧しい夜学生の時代
なぜか怖いものがなかった
真っすぐただ前へ進んでいけた
右足にハンディがあることも忘れて

教壇に立って
子どもたちの真っすぐの瞳に見つめられて
やっとここが私の居場所
全力で生きれると思った

希望とは
そのこととの値うちが想像できること
自分を肯定しつつ歩めること
その道を辿れば

必ず行きつく見通しがもてること
ついて来る苦労や
災難はいとわない

ハンディも私の足を引っ張らなかった

いま傷つきやすい若者たちに
その道が見えにくい
人生の出発の前から
より分けられ
可能性は半分以下に閉ざされている

健やかに

前だけを見て歩める
世界を贈りたい
〝希望〟ということばを
胸に膨らませて
困難に挑戦できる若者に

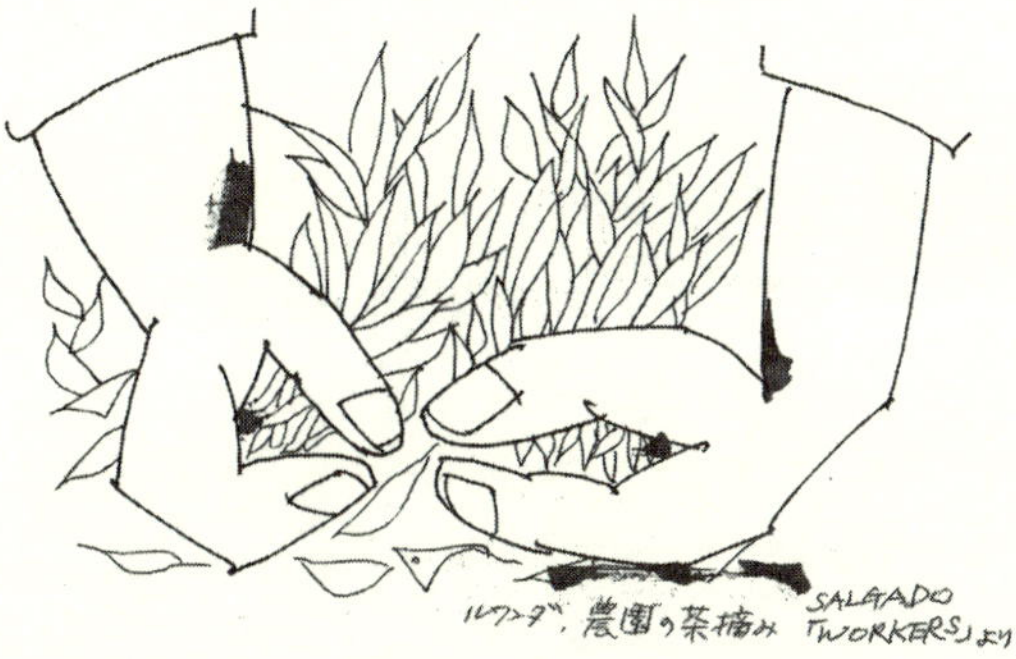

悲しみの上に

わずかな積雪のあとのグランドで
野球チームの子どもたちが走っている
一斉にかけ声あげて

ヘルメットが一列に
水筒も一列に
一人前に
大きなスポーツバッグも
将来の大選手を夢見るように
並んでいる

同じユニホームに身を包み
リーダーに合わせて声をあげ
個性なき姿にみえるが

彼らの目に映ったに違いない
グランドを塗りかえた
一面の白
スパイクでグランドをける感触
頬や耳に伝う冷気

喜びをもつものは
喜びのうえに

悲しみをもつものは
悲しみのうえに

人恋しさをもつものは

恋しさのうえに
その白さが重なり
深みを添えるだろう
少年の心に

人は誰でも

人は誰でも
心の中に
孤独な場所をもっている

そこは
シンとした空気に包まれていて
まるで水鏡のように
自分の心を映し出す

街の雑踏の中で
ふいにその場所の存在に胸つかれたり
散歩道の涼風の中で
木々を見上げながら
静かにそこを感じていたり

人は誰でも
心の中に
孤独な場所をもっている

十数年引きこもってきた青年が
人との関わりをもたないままに
確かな成長を遂げているのは
その孤独な場所で
自分との
対話を続けてきたからだ

答えの出ない

対話は
それ自身
多大なエネルギーを必要とする
それは逃げることのできない
試練なのだ

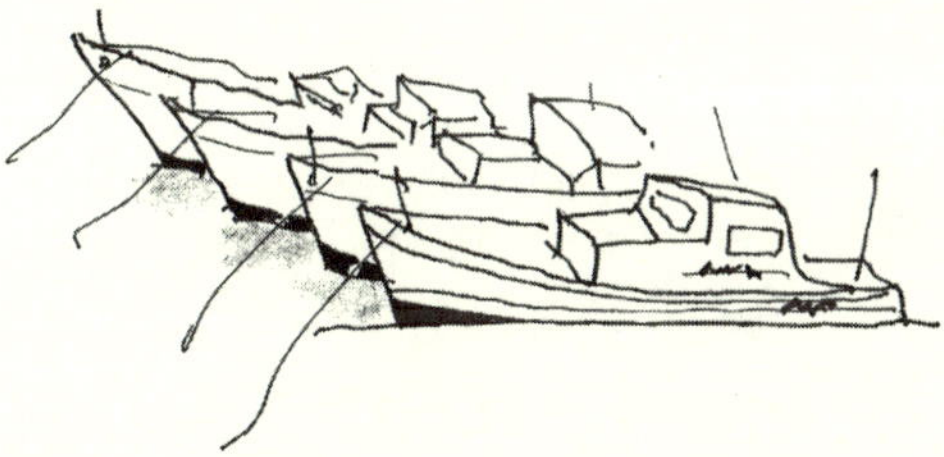

あなたの目と手で確かめて

めのまえの
やみにからみとられて
みうごきできなくなっている
わかものに
せかいはすばらしい
せかいはかえられる
あなたの目と手で確かめて
とつたえたい

じぶんのかちに
きづかないで
じぶんをせめてばかり
ひていしてばかり

わかいえねるぎーが
しぼんでしまう
ゆうきをだして

せかいにいっぽを
ふみだしてほしい

あなたがつらかったこと
あなたがくやしかったこと
あなたがかなしかったこと
あなたがむなしかったこと
わすれてしまわなくても
まえへすすめる

ホラ

こんどはだれかのために
そのつらさくやしさを
そのかなしみをむなしさを
うめあわせてあげられるかもしれない
まいなすがきっと
いつかぷらすになる

そのためには
よのなかをれいてつによむ
さめたあたまと
ずっとじぶんとたいじしてきた
あなたのあついこころがひつよう

だいじょうぶだよ
とんねるのでぐちは
もうそこだよ
わたしがてをさしだすよ

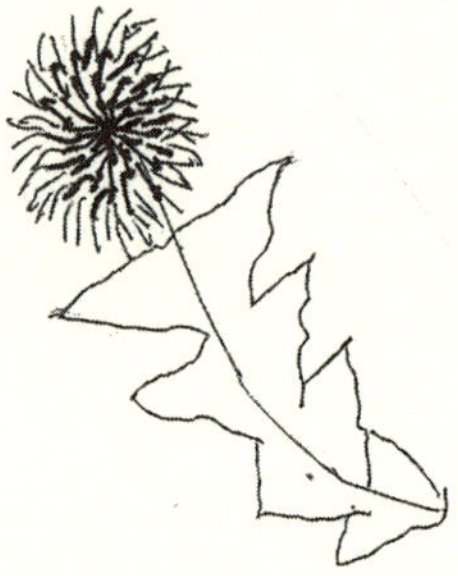

Ⅲ

タンポポ一輪

待ちきれず
そのまま飛び出したように
地面すれすれに
ポッと一輪咲いている

黄金のバッジのように
輝いて得意そうに
ほんの二、三センチの茎の上に

それを見つけた私も
なんだか誇らしい気持ちだ

あなたとの出会いで
今日一日がうれしい

桜花は

誰もいないところで
満開の桜を
ひとり見ている

ぜいたくな花見なのに
曇り空のせいなのか
わたしの心はさびしい

ふと気がついた
つぼみが開くと
花はみんな
下を向いて咲くのだ
つぼみを付けた枝は
空に向かっているのに

まるで人に見られるのを
待っているように

被災地にも
人知れず咲いている
桜木があるだろうか
あなたのそばに行って
見てあげたい

さくら散る

さ・く・ら　散る　散る
さくら　散る
公園の散歩道に
いちめん
散り敷かれた　はなびら

草むらは　まだら模様
池の面を
ピンクの帯になって流れる

満開の花見のときは
陽射しに映えて
白っぽく全体が輝き
夢中になれなかった

さ・く・ら　散る　散る
さくら　散る
何万　何十万の　はなびらが
静かな　花吹雪となって

一つ一つの花びらが
—私を見て
と言ってるようだ

—来年まで　サヨナラね
別れを告げながら
カメラを向ける

花は咲くが

れんげが咲き
タンポポが咲き
名も知らぬ小さな白い花が咲き
こぶしが咲き
桜が咲き

冷温がくり返し
列島を大嵐が吹き荒れ
やっと春は巡り来た

仕事につけない若者がいて
生活再建のままならぬ人々がいて
放射能で故郷に帰れぬ人たちがいて
愛する人を失い悲嘆にくれる人がいて
満開の桜の美しさに

ひたりきれない心がある
春を心《しん》から喜べない心がある

厳しい冬を乗り越えて
暖かい陽射しを
待っていたはずである

春の喜びは
生きる喜びと
重なりあわなければ
味わえないことを

桜を見る
私はすこし悲しい

五月　I

ひと月ばかりで
森は若葉におおわれ
ゆさゆさと
揺れている

目にしむ青葉とは
よくいったものだ

私は列車に乗りたくなる
鉄橋を渡る車輪の音を聞きながら
下流に開けゆく風景を想像したい

野に出て仕事を始める人
ホームで電車を待つ
カラフルな服装の人たち

遠くの青い山脈
近くの大きな森

五月になると
私は列車に乗りたくなる
文庫本でも手にして

セミ

台風の影響で
風雨が強くなってきた
台所仕事をしながら
ふと見ると
出窓の桟に
一匹のセミがしがみついている
—ああ、避難してきたの？

しばらく忘れていて見ると
今度は網戸の網に
しがみついて
こちらを見ている
—まだ、いたの？

私は舌で
ティティティーと声を出してみる
するとセミは全く同じリズムで
チィチィチィと
弱く鳴き交わしたのである

こちらを気遣うように
えー返事してくれたの

それからしばらくして
これが一匹のセミの鳴き声かと思うほど
大きく空気を震わせて
ミーンミンミンミーンと全身で鳴いた
一瞬あたりに後光が射したかと思った

いつも聞いている
セミしぐれも見事だが
この一匹のエネルギーの凄さときたら
こんな声で一週間も鳴き続けたら
精力も尽き果てるだろう

夕方、セミの姿はなかった
もう来ないだろうと思うと
さみしさがつのる

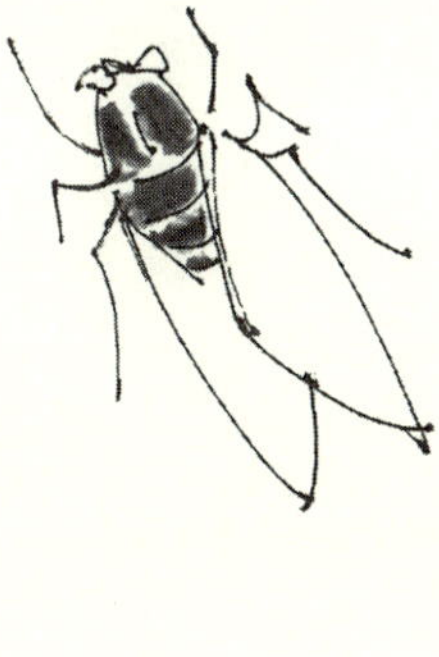

傷ついても

頭上で鳴いていたセミの声が
いつのまにか遠くなっている
腕をすりぬける風が
来たるべき季節の気配をはらんでいる

人生の夏も冬も
どんなに心や身体が傷ついても
自分の意思で生きてきた

残された時間の中で
たとえ
心や身体が傷ついても
まっとうに生きたい自分がいる

自分の心で感じること
常識を疑うこと
見たくないものを見ること
本質をそらさぬこと
そして自分を問うこと

何事も
避けずに
立ち向かうこと

大好きな青空や雲や
夜空の月や星を
真っすぐ見上げる自分でいたいから

夏の別れ

身も心もささげた恋が
終わった時のように
夏が行ってしまうのが
さみしく空しい

街のすべてを圧した
セミの合唱が遠ざかり
いつのまにか消えて
いまは朝からリリリリと虫の声

氷河がそそり立つような
まぶしい入道雲に
行って来ます　ただいま
と呼びかけてきたのに

いまでは
やさしいすじ雲が
なぐさめてくれる

いのちが無防備に
さらけ出せる夏は
頼りになる用心棒

でも庭にシオンの薄紫の花が
鈴なりになるころは
もうお別れなのだ

私は心ひそかに自立への
決意をしなくてはならない

アダージョ

セミの亡骸を
よく見かけるようになった
住宅地の階段や道路際に

厳しい夏の日差しに
カラッと乾いて
悲惨さは微塵もなく
時には仰向けに転がっていたりする

わずか一週間ばかりの
樹上生活を謳歌して
なかまと共に合唱した日々

君は命を燃焼させたか

何の悔いもなく
そこに転がっているのか

セミの合唱の声が
一回り小さくなった
夥しい数の亡骸が
落下したことだろう

せわしなく
時にはうるささえある
セミの合唱は
すべての生命が燃え立つ季節の象徴

セミの鳴き声がまだ

入り込んでくるリビングで
アダージョを聞いている
夏との
別れを惜しみながら

雨音

夏の名残りを
リセットするように
雨が降る

わたしの心に沁みてくる雨音
昨日の悔いを消すように

ＪＲ車輌の一番うしろ
運転手が白い手袋で
指さしをする
すれ違う列車に向かって
雨粒が伝う窓に向かって

朝から夜に

夜から朝に
丸二日かかって
世界はカラリと
秋晴れに

虫の詩《うた》

夕食の後片付けをする
暗くなった窓の外で
たくさんの虫が鳴いている

もし　これが
無音の世界だったとしたら
秋の夜は　寂しさが
身に沁みるだろう

シャン　シャン　シャン
鈴を振っているような合唱
おそらく幼な子のときから
記憶されてきただろう調べ

秋の夜の
自然の営みの中に
私は穏やかに
呼吸する

晩秋

ニセアカシアの
小さな丸い葉が
舞いおりています
池の面に吹き寄せられて
黄金色を放っています

公園の運動場では
休日にしか姿を見せない
髪の赤い少年たちが
野球をしています
そばのプラタナスの葉の間に
かわいらしいボンボリが
ぶら下がっています

南京はぜは
紅葉の色を募らせ
白いちいさな実を
つけています

台湾楓も
負けじとばかりに
黄色く赤く
燃え上がり
大きな葉を
ハラリと落とします

宙に浮いている一枚の葉に
気をとられ

近づいていくと
ふいに見えないバリアに
絡めとられました

静かで圧倒される晩秋の気配
空っぽの心を
風が吹きぬけます

存在の愛おしさ

かつて三羽のアヒルがいて
人々の目を楽しませていたのに
一羽また一羽といなくなってしまい
水際の風景は
すっかり変わってしまった

それ以来
初冬のこの季節に飛来する
カモやサギを待つようになった

じっと遠くを見て
哲学しているような
サギの立ち姿が好きなのだ
いまも落ち葉を踏む音を立てないように
カメラを構えている

池は鳥たちが来て
風景はよみがえる
存在の愛おしさを教えられるのだ

鳥の姿を求める人もまた
さびしい存在だろう

抗うこともできずに
流された人や家
今は瓦礫さえも
取り除かれて
茫々たる空き地になってしまった被災地

そこには存在を愛おしむ
手がかりさえない

人があり　家があり
地域があり
人々が交流する

あなたの隣の人が
あなたの友人が
つまり、生の光景の証《あかし》である

空のキャンバス

いつ見ても
何度見ても
飽きない空のキャンバス

入館料も要らず
絶えず変化する
空のキャンバス

入道雲が去って
いつのまにか
うろこ雲やすじ雲が
涼しげに描かれる空

茜色の絵の具を
濃淡をつけて
何度も刷毛で
塗ったような夕空

まだ明るい夕暮の空に
うっすらかかっている半月
日暮れとともに
冴えわたる

さびしい時
悲しい時
むなしい時
ちょっとうれしい時

励まされ
慰められ
勇気をもらい
明日も生きよう
と思える

ひとの心が
空のキャンバスと
繋がっていることを
あなたは知っていましたか?

凍てついた星空のキャンパスで
私は夫と出会ったのだった

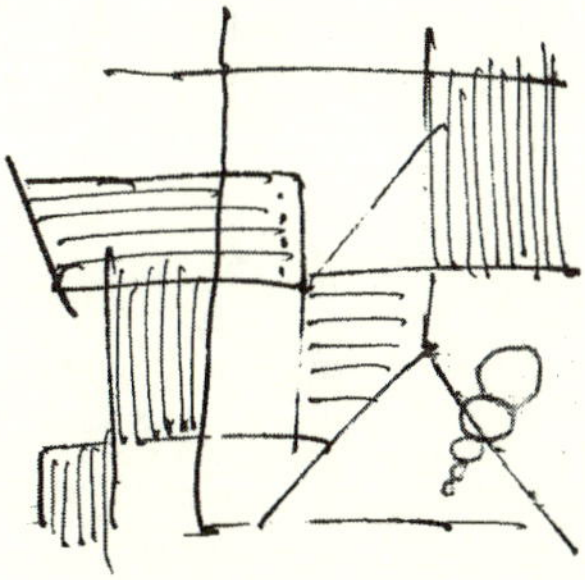

律儀に雪は

ゆうべのうちに
世界は塗り替えられた

山茶花の葉にも
メタセコイヤの枝々にも
池の柵にも
公園のベンチにも
泳ぐ鴨の背にも

すべてのものの形に
合わせて
律儀に雪は降り積もった
その能動性と
雪を受けとめる

木々たちの
潔い受動性を

そして白い世界は
私自身との対話の世界

雪は幼い頃からの友
ギブスをはめられベッドの上で
眺めたボタン雪

母にすてられた寄る辺なさを
雪は受けとめてくれた

降りしきる雪の中で

恋しいひとを呼んだあの日
シンと静まり返った世界が
包んでくれ
なぐさめてくれる
汚れを洗い落とされた
清冽な空気

あゝ　雪の匂いだ

鉄路

線路の先を
思っていた
若い頃からずっと
カーブして
先の見えない線路が
どんな街に続いているのか
どこまでも
行ってみたいと

あるとき寸断されて
草茫々の広大な空き地に
取り残されている
数メートルの線路を見た

その時何がおこったか
寸断された夢は
何であったのか
引き裂かれた愛が
どうなったのか

ちぎれた線路が
夏の草いきれの中で
行き場を失ってあえいでいた

私は確かめたい
人々の夢の行方を
引き裂かれた愛の
辿りついた場所を

復活した鉄路で
この春辿ってみようと思う
三陸の海辺の街を
南三陸鉄道を

美しいセット

紅葉して
ヒラヒラ揺れる
台湾楓に
かわいらしい
ボンボンが
ぶら下がっている

渡ってきた青さぎが
いつもの水際で
遠くを見つめて
哲学している

頬を撫でる風
ススキの穂も
なびいていく

季節の移ろいに
網かけられた
美しいセット

見つめながら
聴きながら
感じながら
立ちつくす
わたしがいる

IV

私の知らない

一分間で五メートルも
歩けないような男性《ひと》が
小刻みに歩いておられる

私の知らない苦しみを抱え
私の知らない喜びを感じ
私の知らない悲しみを秘め
私の知らない希望を持って

小刻みに
小刻みに
歩いておられる

その方の人生を支えているものは
何なのだろうか

私はただ
あなたのそばを
通り過ぎることしかできない

五十本もの水仙

五十本もの水仙が
届いた
ともちゃんのお母さんからの
贈り物

家中の花瓶を
総動員した
大きな花瓶
小さな花瓶
あまり好きでない花瓶も
リビングに
洗面所に
玄関に
和室に
夫の書斎にも

一足早く
春がやってきたかのように
甘いかおりが
家中に匂い立った

ともちゃんと手をつなぎ
歌いながら
中学校の階段を
上がり下りした日々

好きな歌になると

目の輝きが違った
痛いほど抱きしめられるのが
好きだったともちゃん
ギューギューッと
よくやった

水仙の花々の中に
ともちゃんの笑顔
お母さんの笑顔
半月ほどの間
ともちゃんとお母さんが
我が家にいた

安楽さん

となりのベッドの
安楽さんに
見舞いの客はないという
天涯孤独らしい

入院したばかりの夫に
私の身内や夫の兄弟たちの
見舞いが続き
わたしは内心
申し訳なく思っていた

左手がひじのあたりで
切断されて丸くなっている
安楽さん
どんな動きをするのも難しい

ある日女性が見舞いにきたという
数十年間お付き合いのあった人らしい
夫からその話を聞き
二人で喜んだ

よかった
そんな人がいて
どんな関係？
ミーハーな興味もわいたりして

その日から
安楽さんの顔色がよくなり

リハビリのときの
歩きぶりもしっかりしてきたらしい

おまけのクッキー

一パイ　二百十円の
ホットゆずドリンクを
駅前のモスバーガーで飲む
パソコン教室が始まる前の
つかの間の時間

先日、そのゆずドリンクに
クッキーが二枚ついていた
これは店主のはからいか

たった二枚のクッキーでも
うれしいのだ
客をもてなす心が
店を愛する心が

私はペーパーに
クッキーありがとう
の一言を添えた

その次に行ったとき
女店員さんが
お手紙ありがとう
と言ってくれたのだ

あの頼りないペーパーが
ゴミ箱行きかもしれなかったのに
一つのメッセージを

確かに伝えてくれたのだ

こんなささやかな
善意が人を喜ばせる
しあわせにしてくれる

いつものように

ひと休みしたコーヒー店で
ビッグイシューを開くと
パラリと名刺のようなものが落ちた

ビッグイシュー値上げと
販売員の心得を書いたもので
その隅に「植村」と
直筆の署名があった

あー「植村さん」というのだ
ー売れ行きはどうですか
このごろ少し・・・と口ごもられる
ー体調はどうですか
それも口ごもりながら

まあまあです
ーいろいろありますね
と私

脳梗塞で入院した夫が
数日前に退院したばかり

今ある危機を乗り越えるのに
精いっぱいの日々

ほんとにいろいろあるよなー
でもこうして私はやってきた
いつもの駅頭に
文芸サークルの冊子を印刷にやってきた

今生きてあること
いつもの人と言葉を交わせること
春の日差しを
うれしく受けとめられる心
「植村」さんの名前が
わかったことも
今日の収穫

担任

日本一高いビルの上で
命綱にすがって
耐火塗装を柱に施しているマサオ

癌で病状の良くない母のことを
嘆いて何度か電話をしてきた
—もう涙も出ない　オレに何ができる

—そばにいて声をかけてあげて
　手を握ってあげてね
　頬をさわってあげてね
そんなことしか言えない

中学時代のAもBも
刑務所に入っているという

オレは入らない
センセイとの一年は
人生が変わる一年やった
なぜか、毎日が楽しかった—と

ヤンチャだった三十三才は
今　真の大人になろうとしている
—センセイ　本でも
　読もうかなと思うねん
　ちゃんとした大人になりたいから

—それがええねえ

本が読めたら人生の宝物になるよ
マサオが電話をしてくる限り
私はいつまでも担任だ

＊日本一高いビル・・あべのハルカス
（近鉄百貨店の上）

地下街のカフェ

朝のカフェには
束の間の静けさがある
一日の始まりを
ゆっくり楽しむ人も
これからの仕事への
弾みをつけるため
いっぱいのコーヒーを味わう人も

高齢の友達らしい男性二人
互いにコーヒーなどを
運び合ったりして
大きく広げた新聞を読んでいる
姿勢正しく

コーヒーを飲んでいた若い女性は
小さいノートに何か書きつけたと思うと
足早に店を立ち去った

ヨーロッパ風の二人連れの旅行者は
空色のTシャツ姿で
携帯の画面を見ながら寄りそっている

平和とはこういう日常
失ってみないとわからない
ありふれた光景

私は　ときたら
教育相談前の

ほんのちょっとの空き時間
コーヒータイムをとりながら
詩集をパラパラめくっている

ガラス窓の向こうから

三歳ぐらいの男の子と若いお母さん
私と合席の青年が手を振ると
男の子は手を振り返した
今度は目隠しをしてくる
私も目隠しをして
いないいないバー　をする
男の子は開けかけた目を
あわてて閉じる
私もまた応じる
今度はシャツの裾を持ち上げ
おへソを見せる
太陽の下にさらされた
かわいいおへソ
私も負けずにシャツを持ち上げる

もちろんおへソは見せない
こんなことを何度も繰り返したが
そのうちお母さんに手を引かれ
名残惜しそうに行ってしまう
あれは何の会話をしたのだろう
見知らぬ大人と小さな男の子のやりとり
確かに通い合ったこころ

最初に手を振った青年
―あんな子が　好きなんです

あなたが自立して
家庭をつくるまで
もう少し長い道のりがあるかもしれないが

私はあなたを見守って伴走する
幼い心にすなおに手を振る
あなたに

今日の奇跡

今日　相談室で
あなたと　向かい合っていること
今日　地下鉄の改札口で
あなたに　夏服を手渡していること
今日　体育館で
あなたと　小さな球を追うこと
今日　パソコン教室で
あなたに　教えてもらうこと
今日　となりのベッドで
あなたが寝息をたてていること

新しい今日の
新しい一つの出会い
それは明日来ないかも知れない今日

あの日以来
忘れたことはない
思う存分
生きれなかった人たちの
無念を

だから今日の出会いは
一つの奇跡
新しく刻む
あなたとの記憶

七夕飾り

商店街に
つるされた七夕かざり
小さなおばあさんが
背伸びして見ている

目を引いたのは
短冊に書かれた
願いごとを
一つ一つ
丹念に読んでいたからだ

かつて　子どもだったころ
七夕かざりに　何度も
自分の夢を書きつけただろう

小さなおばあさん
夢が叶ったかどうか

今また　七夕の
願いごとを読んでいる
おばあさんの
心の短冊に
どんなささやかな
願いごとが書かれているだろう

れいこちゃん

初めて出会ったとき
れいこちゃんは
地下鉄N駅で
小さな箱を抱えて
うなだれて立っていた

何度も言葉を交わすうち
れいこちゃんは
大きな声で笑って
おしゃべりできるようになった

時々、ビッグイッシューを
販売していたが
ある時からN駅に
姿が見えなくなった

かなりたって
れいこちゃんから携帯に連絡が入った
友だちの携帯からと

それから時々　ＳＯＳの連絡があり
天王寺の改札の内側から
外にいるれいこちゃんに
季節の服を届けたりするようになった

ある日改札を出て
いっしょに食事をした
驚いたのは

れいこちゃんが両手で空中を探っていたこと
視力が低下していて
その日私の姿を
見つけられなかったのだ

阪神大震災で
家族のくらしが一変し
そのうち崩壊した

いまは友人の家に
住まわせてもらっているが
れいこちゃんの闘いには
終わりが見えない

犬たちと

ビラを入れて
通り過ぎようとしたら
カランと缶が転がる音がした
ふり返ると
民家の塀から
前足を出して
黒と茶のブチの大きな犬が
こっちをみている
澄んだ目で
ヤア　おはよう
と声をかける

しばらく行くと
雨の中濡れそぼった
野良猫が通り過ぎる
尻尾を下げて
声をかけると
立ち止まりじっと見ている
ヤア　おはよう
私が行きすぎると
首を廻して
しばらく見ている
またね

以前からワンワン吠えながら
ちぎれるように尻尾を振ってくれた犬は
この頃　私が門扉に近づくのを

黙って待っていてくれる
こんな犬たちとの
ことばのない対話

今日、階段を上がって
門口を見上げたら
赤い大きな芙蓉の花が
いくつも
こちらを見ていた
━やあ

鬼の正体は？

精神科医が言った
あなたが桃太郎なら
猿やキジを引き連れても
自分で闘う意思がないと
鬼とは戦えない
医者は何もできませんよと

友が退院してきてから
娘に尋ねた
私の鬼って何だろう？

すると娘は
こともなげに答えたという
—それはお母さん自身よ

何も考えていないように見えて娘は・・
友は驚いたという

横になって休んでいるときも
時計を見ているという

—ああ十五分経った
と
あなたは休んでいる自分を
許していないのでは
あなたの強い規範意識が
あなたを苦しめている

年老いた母を施設に預けた

そんな自分を責めているようだ
―今はそういう時代
自分を許していいのでは？

娘の一言は核心を突いていた
友との二時間
人間とはなんとやっかいな
生きものなんだろうということが
二人の共通認識となった

伝えてくれた言葉

地下鉄の電車を降りて
エスカレーターに乗ろうとしていたら

背の高い紳士が
白杖をふり廻し
車体に触ったりして
乗降口を探していた

―危ない！
私は思わずかけより
杖を持たない方の肘を
そっと支えた
―大丈夫ですか

とたんに男性の動きは
落ちついた
無事に電車に乗られたので
ほっとして歩きだしたとき

一人の小さな老女が
私を見上げて
―ありがとうございました
と丁寧な口調で言ったのだ

彼女も一瞬
同じ思いだったのだ
伝えてくれた言葉に
感謝した

伝えてくれなければ
わからなかった

人ってまんざらでもないなあ
と思わされた一幕であった
心にぽっと温かいものを抱いて
一日をスタートした

あなたへのエール

19歳の時
ミニバイクで事故ってしまった
脳挫傷し
右半身マヒ
包丁を左手に持ち替えた

和食の職人を目指していた自分が
右手で包丁を使えないことは致命的
残された左手で頑張ることにした

調理師の世界は
完全なピラミッド社会
腕と人間力が勝負だ
どこの仕事場でも

人がしないような段取りを工夫した
オーダーが通ってからのスピードは
誰にも負けなかった
「仕込みはあいつに教えてもらえ！」
と親方は新入りに言った

仕事が終わったらまず一杯がこの世界
ちょっとした一言がエスカレートし
喧嘩になる
酒の上の失敗で
12畳6人の雑居房
薬の後遺症のある者もおり
緊張して過ごした日々

塀の中で考えた
親のこと
自分の身体のこと
仕事のこと
そして目が覚めた
調理師の仕事がやはり楽しいと

三十年ぶりに会った教え子
中学一年生の時の
かわいい坊主頭が重なって見える
野球部の生徒と
出所したばかりの43歳

私の知らない調理師の世界に
引き込まれながら
彼の人生を想像する
真っすぐなまなざしが

眩しい

障害者手帳2級
それゆえの誤解が生む喧嘩
でも　あなたと会えた
これからのあなたを見守るよ

障害を持つことは不便だが
決してマイナスばかりではなかった
70歳をもうすぐ前にして
私があなたに贈れるたった一つの真実

あなたとの回路

地下鉄の車内でのことだ
私は教育論文を読んでいた

その時　親子が乗ってきて
私の隣に座った
お父さんはすぐに
子どもを膝の上にのせた
膝にのせるには大きい子だった
なんとなく気になった

論文に目を通しながら
赤いサインペンで下線を引いたり
四角で囲んだり、波線を書いたりしていた

しばらくするとお父さんの膝から
おろされたその子が
じっと見ている

絵もなにもない
文字だらけの難しい文書を
じっと見ているのだ
私のペンの動きを見ていたのだろう

―文字が書きたいのね
私はふと声をかけた
一瞬その女の子の目が
宙を泳いだ
彼女はエーエーというような声を出した

そのとき私は見逃さなかった
彼女の表情に
控えめな笑みが広がっているのを

—あゝそう
やっぱりね
かけるようになるよ
ほら
こういうふうにペンを持って
ぐるぐるすると

声を出す子を押しとどめていた父親は
その時　意外そうな顔をして
私と彼女とのやりとりを見ていた

降りる駅がきた
私が立ちあがると
彼女も立ちあがろうとした
父が後ろから抱きとめていた
サヨナラね
私が手をあげると
彼女も少し手をあげた
その手を軽くにぎって
私は下車した

一瞬の出会いだったが
私は彼女との間に一つの回路をみた
もう　私が繋がることもできぬ
可能性という回路を
いつか誰かが
拓いてくれることを願って

オセロ

仮設住宅を訪問したとき
オセロはできますか
と九十歳の老人に聞かれた

オセロとチェスの違いも分からない
お餅つきが始まっているところで
ボランティアのみんなに声かけて廻る

なんと名乗り出たのは
一番若い女性
縁台に向き合った老人と女性
対局が始まる
周りを数人が取り囲み声援する

五月の日射しがまぶしい

かつて船に乗っていたという老人
長い航海の手慰みに
鍛えたオセロか

二人の対局は
熱を帯びてくる

今日のこんな
ささやかな出会いが
老人の胸に
小さな灯を点してくれれば
ボランティアとして
来た意味があるというものだ
娘さん　ありがとう

学ぶ

乳母車に立ちあがっている
男の子が
床に物を落とした

少し離れた席から
立ってきた中年の男性が
優しく拾ってあげている

すると男の子は
しばらく男性の方を
見ているのだ
親切にしてくれた人を
心に刻むように

そのうち男の子は
また物を落とした
すると今度は
逆方向の座席から
立ってきた若い男性が
拾ってあげている

今度はぐるっと首を回して
男の子は
その人をじっと見ている

子どもの出会う人
大人からうけるメッセージ
そうやって男の子は

ほんとうの
男らしさを
学んでいくことだろう

子どもが学んでいる姿から
大人の生き方を
教えられるのだ

優しいおじいさん

土曜日の夕方の
混んだ地下鉄の車内

小さなおじいさんが
もっと小さなおばあさんの手を引いて
乗ってくる
おばあさんの足がよろけている

乗降口の向かいに座っていた私は
おじいさんに目が合ったので
手を振って合図をした

重いパソコンだけ置かせてもらって
席をかわる

おばあさんが座った時
「認知症です」とすぐ言われた

おじいさんはおばあさんの
帽子をぬがせ

上衣の胸元をあけて
空気を通してあげる
「汗をかくのです」と笑って
そして頭をやさしく撫でる
すべてが優しいおじいさん

降りますねとパソコンを持とうとするが
しっかりもたれているおばあさん

―やさしいおとうさんですね
と声をかけると
おばあさんの目に
一瞬、穏やかな色が宿り
力が抜けた
おばあさんには何もかも解っているのだ

私はそっとパソコンを抜いて
電車を降りた

二人の天使

ビラまきをしていると
路地に座り込んでいる
男の子が二人

四～五才の男の子が
近づいてくる
私に手を差し出している
二つの黒くて丸いかたまり

「この虫はなんというの」

「だんごむし」

「こわくない？」

「こわくない」

かれの指が私の手のひらに近づき
丸いものをそっと押し出した

弟と思われる男の子も
そばに立って見ている

高齢化が進むニュータウンの街で
子どもの姿を外で見ることは
めったにない

私を見つけて近づいてきた
二人の天使のつぶらな瞳に
あたたかく慰められていた
おばあちゃんって

こんな気持ちかなー

不思議な子どもの心
私には手の届かなかった
幼い命との遭遇
思わず二人の頭を撫でて
おばあちゃんしていた
春、真っ盛りの日

目と手足を

地下鉄の車内に
白杖の女性が乗って来て
ドアの横のパイプをもって立っておられる
入り口のすぐそばの席が空いている
私は立ちあがって
「空いていますよ」と手を差し出し
案内した

退職してから十年と少し
昼間　街で
杖の人　車イスの人　白杖の人
聾の人
たくさん見かけるようになった

ずっと思っている
健常な人が
目となり耳となり
手足となり
ほんの少しサポートすれば
街にさわやかな風が流れることを

若者から
何度も席を譲られ
私もその恩恵に浴している

だから私も
できることをしている

私の五体で

見えないこと　聞こえないこと
歩けないこと
の不明に
自らを置いてみればわかることだ

空気を吸うように
目と手足で気軽に

母とセンセイ

思い出したように
マサオが電話をしてくる
私は椅子を引っぱり寄せる

白血病になり
車椅子生活になってしまった母
もう長くないと言われ
力が抜けて
泣いてばかりいるという

ヤンチャだった
中学時代のことを
ポツポツと話す

—センセイと話すと
落ちつくねん
—センセイと話すと
ニンゲン　変わるねん
—なんでやの
—なんでやろ・・・?
声かな・・・話し方?
うーん　見えない力
—うまいこと言ってくれるねえ
—うん　なかなかやろ

母の治療費をかせぐため
建設会社に単価をたたかれながら
耐火用の外壁を塗る仕事を取り

神戸や和歌山までも仕事に行く
職人さんである

―お母さんのことで
そんなに泣けるなんて
幸せやね
愛されていたんやね
―センセイは
お母さんといっしょや

母に捨てられた私が
知る由もない
母子の蜜月の時
マサオの深い悲しみが
わかると言えばウソになる

年に何回かの電話を
受けながら
いまだに担任だと思う

妊娠事件を起こした時
私は女の子への責任を問い
マサオを激しく叱った
あの時、校長室で
マサオは
私の膝に泣き崩れた

私はその時　教師であるより
母であったと思う
愛するとは
まるごと
引き受けられるかということなのだ

手のひら

バスの車内で
後ろの座席の横の乳母車から
小さく開いた手のひらが
誘っている

私も手を開いてタッチする
今度は人差し指で
誘っている
私も人差し指で
ツンツンとタッチする

鼻水が顔を汚しているが
澄んだ目が見つめる
意思を感じさせるまなざしだ

バスから降りるまで
小さな手は
くり返し誘い
私は応え続けた

この小さな手
小さな生命
彼の手はまさに言葉だ
つかの間のものにしても
状況を切り開く言葉だ

互いに通い合ったものが
彼の心に小さな波紋を広げ

育むもの

その澄んだ瞳が曇らぬよう
世界が彼に微笑みかけるよう

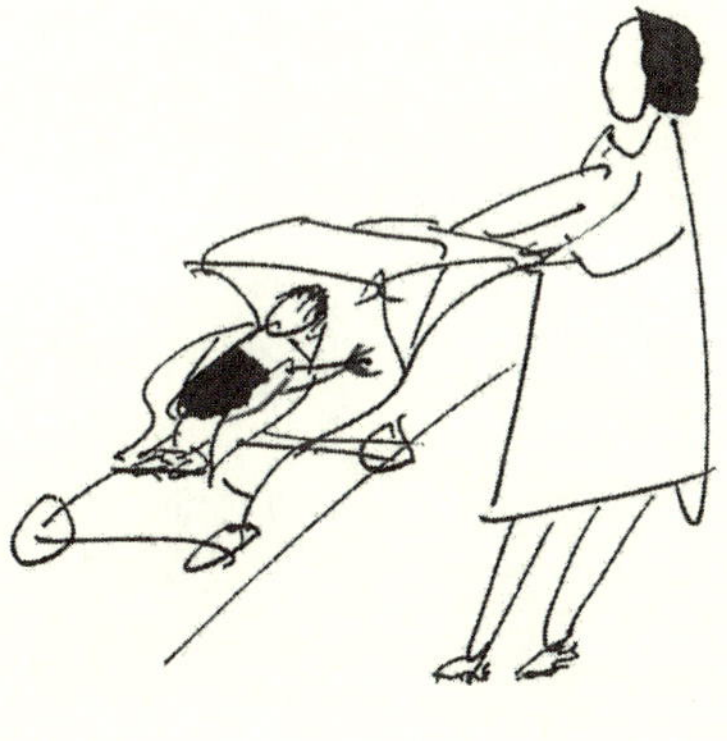

並び屋

玲子ちゃんと
久しぶりにデイトした
ビュッフェスタイルのランチの店に
玲子ちゃんが好きなもの食べられるように

トレーにいっぱいのお料理
玲子ちゃんは三度もお代わりした
私も負けずに食べた
最後のスイーツまで

—ところでいま何の仕事しているの?
—並び屋
—えっ　な　ら　び　や
—ヤマダ電機に並んだり

新しいゲーム機売り出されたりしたとき
最低で三時間ぐらい並ぶ・・・
—宝塚の観劇券の時は
　7~8時間並んだかな

—その時は割合たくさんもらった
八千円ぐらい
でも宝塚の時は
ちょっといい服着て行って
と言われる・・
徹夜で並ぶ仕事もあったなあ

聞いたことはあったが
改めてパソコンで検索すると

その仕事のことが出てくる出てくる

小さな玲子ちゃんが
背をすぼめながら暑さに耐え
寒さに耐え、雨の中
たとえ三時間だって
どんなに大変か
トイレはどうするのと
聞きそびれてしまったが

その一方で便利屋に頼んで
観劇やコンサートで
しあわせな楽しみを謳歌する人がいる

一通の年賀状

ホームレスのれい子ちゃんから
年賀状が届いた
れい子は「玲子」と書くことが
初めてわかった

名字は書いていない
友達の家に居候していると言っていたが
住所も書いていなかった

路上で暮らすには
個人が特定できる情報は
無用なのである
空気と同じように町に溶け込み
自分を消さなくてはならない

二百通以上届いた年賀状の中の
たったの一通だが
どんな綺麗なものよりも
青いボールペンで書かれた
ことばが胸をうつ

—新年あけましておめでとうございます
日頃より心にかけてくれて
まことにありがたく思っています

どんな顔をして
どんな場所で書いてくれたのか

前歯がぬけてしまったれい子ちゃん
震災で家族が崩壊したれい子ちゃん
中百舌鳥の駅で小さな箱を抱えていたれい子
　ちゃん

袋を提げて季節の服を届けるようになった自
　分が
ホームレスになったような気分
れい子ちゃんはときに饒舌
最近では目が見えにくく苦闘している

こんな支援でいいのか
迷いながら
れい子ちゃんの笑顔に
支えられている

できないことへの哀しみが

できないことへの哀しみが
人への優しさと
我慢強さを生む

二本の杖を廊下に
打ちつけながら歩くひろくん
全身を支える手は
グローブみたいに大きい
その大きな手で
発語のないちせちゃんの手をとり
リズムをとる

言葉が出ないちせちゃん
思うようにならない時

自分の気持ちが伝わらぬ時
手を噛んだり
自分の頭をたたきながら飛ぶ
そのちせちゃんが
ひろくんの車椅子を押している
穏やかな表情で

友達とうまく会話をかわせない道くん
その道くんが
発語のないひろし先輩の
手を握って会話しようとする

校舎のどこかに隠れ
学校ではみんなの前で

食事もできない
場面緘黙のえっちゃん
そのえっちゃんを叱っていたら
発語のない久くんが私の手を押えた

ひとりひとり
できないことがあり
その哀しみは深いはずなのに
彼等はやさしく
我慢強い

その姿を　心を　発見しながら
私は教師として鍛えられた

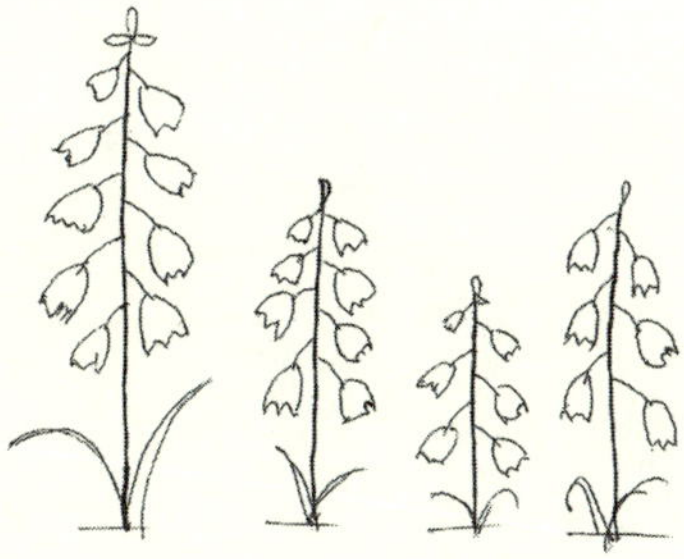

音楽つきの夢 ― 福島から避難してきているSさんからの電話

ゆうべ音楽つきの夢を見たの
私はスキップして踊っていた
水の入ったバケツを振り回して

音楽が流れる夢なんて初めて
夢の内容も一つ一つ憶えているの
めったにないことよ
これは一体何なんだろう

気分爽快で目覚めたの
すごいことが起こったのかしら

ゆうべ寝る前に
あなたの詩を読んだの
いつもは読んでるうちに寝てしまうのに
ずっと読んでいた

私の知らない人たちのことを知り
なぜか涙がいっぱいでたの
私の心が浄化されたのかしら

場面が変わっても
別の音楽が流れるの
その場面も覚えている
とっても不思議な気持ちよ

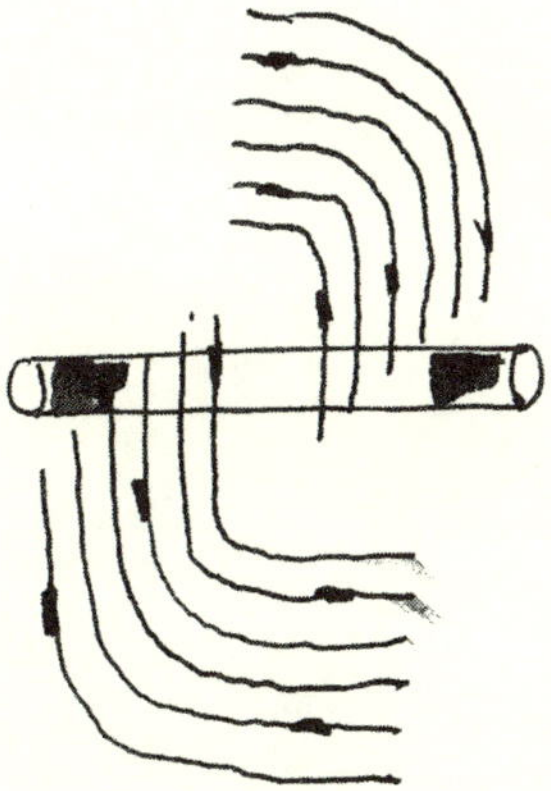

エイジさん

国鉄労働者として
トンネルや橋を建設してきた
一番列車が通過するときは
無事に渡り終えられるか
見守ってきたというエイジさん

生きているうちは
仕事をした場所が目に見える
それが生きがいだよというエイジさん

退職するまで
いろんな街を訪ね
終の棲家を探してきた

釣りが好きで海が好きなエイジさん
そうして奥さんと住みついたのが
大船渡市吉浜

断崖の上にある住宅は
辛うじて津波をまぬがれた

初めて吉浜に来たとき
市会議員の補欠選挙があり
当選してしまった

それからエイジさんの運命は
大きく変わった

3・11以来
現地のボランティアセンターの中心になって
救援活動に全力を傾けた

無料青空市を開き
仮設住宅を訪問し
被災者の生活相談を受けている
家を探してほしい
—住宅ローンが払えない被災者に寄り添い

その声を行政に届ける

—毎日、気をつけていることは
　家の前を通る人に挨拶を
　欠かさないことです

その朝も高校生が自転車で通りかかり
彼は丁寧に挨拶していた

地縁・血縁のしばりが強い中
今春の市会議員選挙の壁を
破れなかったエイジさん

今日もリアス式海岸の
急なカーブの道を
車を走らせながら
住民のために駆けまわっているだろうエイジ
さん

流された沿岸地方で
一切の利害関係にとらわれず
働く彼の意思は
それだけで一つの希望である

カウンセリング考 ― 何かが始まるとき

初めてあった人に
少し話を聞いただけで
―こうすればいいですよ
という助言などできない
そんなことをする自信もない

まず聴かせてほしいのは
何が苦しいのか
何がむなしいのか
何が悲しいのかということ
本音のところのそれを探ると
課題が見えてくる

時には
クライエント自身が
自分の問題を
真正面から受け止めきれていない
ということがある

私だけがなんでという悲しみ
分かってもらえないという苦しみ
世間体を気にしては自分を責め
問題解決の見通しのなさが
それに輪をかける

初めての対面で
涙を流してくれればいい
やっと自分をさらけだしていいのだと

心のしばりがほどける

その時
何かが溢れだす
問題と真に向き合おうとする
勇気が芽生える
たとえリスクを抱えても
人生を構築しなおそうとする

わたしの仕事は
それを支え続けていくこと
そうすることで
私もまた　支えられている

あーちゃんの恋

養護学校で同じクラスだった
たけしくんのことが好きだった
やんちゃでやさしいたけちゃんを

ある日　たけしくんが結婚することを
人づてに聞いた

家に帰ってあがるなり
自分の部屋に入り
わあわあと泣いた
泣いて泣いて泣き崩れ
それでも涙が止まらなかった

ある日　スーパーで
買い物する二人を見てしまった
あーちゃんは
後をつけて
彼らの家を見つけた
それ以来

あーちゃんは彼らの家を
訪ねるという
迷惑がられて
お母さんから叱られても

初めての失恋は
あーちゃんの心に
大きな傷を生んだ

あーちゃんの心に宿った
男性《ひと》を慕う心
大好きな人に
見捨てられた悲しみ

自分の言葉で
自分の行動で
解決するすべを
まだ知らない
あーちゃんだけど

大丈夫
うんと悲しんだら
また前へすすめる

星騒動

―金星と月と木星が
　西の空に　一直線に並んでいるよ
親しい友に電話する
そのうちに
あのひとにも　このひとにも
―今　孫たちに電話かけているんだけど
　もう一度　星の名　教えて
と　公衆電話からTさん
夫に言うとめずらしく一緒に出て
夫婦で並んで星を見たというKさん
つぎには夫が友人に電話をし始めたという

息子に電話すると喜んでくれた
というMさん
―ところで、その新聞記事あるか？
　欲しいんだけど
とSさんから電話
―98歳の母が見ると言って
　一緒に出るのよ
と卓球の友　Sさん
Iさんからはファックス
―きれかったですね～

心にやきつきました

美しい夜空を
愛する人たちと
共有するために
この夜
小さな電波が
駆け巡った

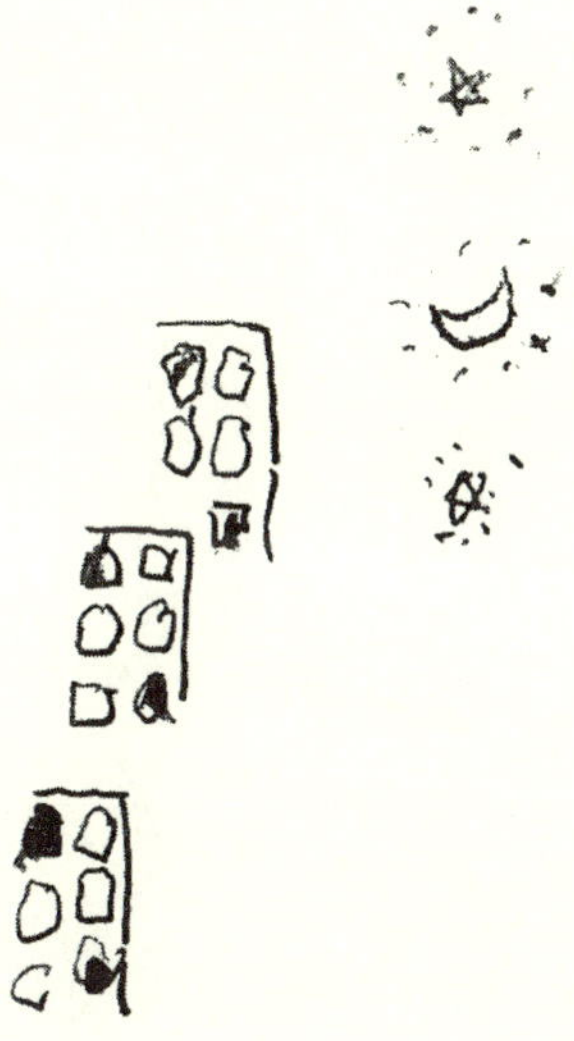

毎日届くメール

私にも
毎日届くメールがある
ゆかりちゃんと文ちゃん

もと青空学級のゆかりちゃんは
―千賀子さん
　土曜日と日曜日はお出かけかな
と予定を聞いてくる
―土曜日は相談員の会議です
―日曜日は卓球の練習です
そんな返信をしたからといって
ゆかりちゃんに
何の意味があるのかと
自ら問いながら

もと竹の子学級の文ちゃん
―仕事を頑張ってね
　雨が降るかも知れませんよ
　返事をちょうだいね
仕事といわれても困るが
―今日は教育相談に行きます　がんばります
―今日はパソコン教室で勉強します　がんば
　ります
―今日は登校拒否の子どもをもつお母さんた
　ちのつどいです
がんばります

そのことが彼女に
どういう意味があるのか
私は毎日問われている

繰り返される問いに意味を考え
意味のある返信をしようと焦りながら
実は私自身の生き方を問われているのかもし
れないと
毎日　自分に問うている

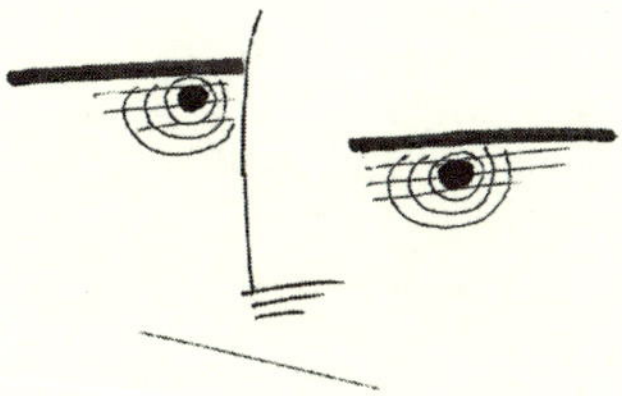

叶わない希望

ホームレスのIさんを
南海S駅に見かけなくなって
数ヶ月たった
その後　新しい販売員さんが立った

ビッグイシューの本社に電話をして
Iさんの病気を知った
ビッグイシュー気付で手紙を出す

しばらくしてIさんから返信
西成区の白雲寮に入所している
六人部屋にテレビが一台
日用品費として月三回
三千円ずつ支給される

私はひところ問題になった
貧困ビジネスじゃないかと心配になった
居宅のない人に安い居宅を提供して
生活保護費を本人にほとんど渡さないで
儲ける、というやつだ

―貯金　アパートとかは
　販売員の　夢物語です
のことばが胸をつく
ドクターストップが解除されないと
雑誌売りはできないとのこと

六人部屋あてにお菓子などを

宅急便で送る
ビッグイシュー気付で少しのお金を送る

その後もIさんから手紙が届き
なんと二カ月に七通も届いた

—本売りを何年続けても
　希望が叶うことはないのです
使い捨てライターみたいなもので
元気なうちに三浦センセイに会いたい

月に一回S駅に行く
その交差点でいつも十分ぐらい立ち話をして
　いた
ある時　冗談のように
愛を打ち明けられたような気がして
聞き流した

—ダンナさんに怒られるよね
とIさんも冗談にまぎらせた

—ホームレスだって
　恋をする自由はある
そう自分に言い聞かせているが
私にできる支援とは何なのだろう

V

ほしいのは

ほしいのは
風が渡る
みどりの野

ほしいのは
ひとりの夜をも
なぐさめる虫の声

ほしいのは
ありきたりではない
やさしい言葉

ほしいのは
真実を見抜こうとする
確かな意志

ほしいのは
誰もが自分らしく
生きられる世の中

伝えようと思わなければ

伝えようと思わなければ
何も伝わらない
原発ゼロへの意思も
戦争反対の意思も

伝えようと思わなければ
何も伝わらない
どんなに恋していても
胸のふるえも　感じやすい心も

伝えようと思わなければ
何も伝わらない
あたり前の日常に
はびこっている

怠惰と決別しなければ

伝えることは勇気
伝えるために心を開くこと
自分の目で見て
自分のことばで伝えること

今日（2013年の年賀状）

あの日を境目に
生きていることは
あたり前ではなくなった

あなたと笑い合うこと
一週間が
カレンダーの予定どおり流れることも

今日出会う人と
心を通わせること

今日やる仕事に
魂をこめること

息苦しい時代を変える
一粒の捨石になれるなら
今日を懸命に生きよう

決意

―あなたは三日間で
すべてを捨てる決意ができますか

二人の子どもと　トランク二つで
福島から避難してきた
若いお母さんの発言

私はそれ以来　落ち着かないのです
あなたの一番大切なものは何ですか
と問われているような気がして

すべてを捨てる？
私の大切な　なかまたち
サークルや同人やＮＰＯ法人や
卓球や市民運動を共にしているなかまを？

住み慣れた家
すっかりなじんだ家具や台所用具
仕事で必要なパソコンなどの機具
心を慰める詩書の数々
トランクにはとても入らない

そして毎夜肩をもんでくれる
私の相棒
あなたとなら　何もなくても
何処へでも行けるか

こんなに　たくさんの

ものに囲まれ
こんなに　たくさんの
人とつながり

三日間で決断して
選択できるものは何？

かつて生きるために
こんなにも大変な決意を
迫られたことが
あっただろうか

そしてこれから
あなたや私や、誰かに
このような決意を迫られることが
二度とあってよいものか

私たちに求められるのは
もう幻想を持たないこと
平和な生活や安全を
脅かすものに
ノー　と言える決断をすること

胸を突く問いかけを
時代を変える
勇気に転化すること

そのことが
若いお母さんへの回答ではないか

だから生きる

波にさらわれ
抗うことのできない
大きな力の中で
もがいた
あなたの苦しさは想像もできない

迫りくる火の粉の
恐怖を感じながら
少しずつ焼かれていった
あなたの脳裏に
浮かんでいたものは何？

自らの病と対峙し
潔い決断の中で
命の残り火と向き合っていた
あなたの切なさは
想像もできない

だから生きる
自分らしく
ごまかさないで

だから生きる
時を惜しまず
ことを惜しむ

だから生きる
たった一つのつながりも

失わないように
むなしさや悲しみに
胸塞がれそうになっても
無力な自分に
愛想を尽かしそうになっても

五月　Ⅱ

海も空もこんなに美しいのに
帰らぬ人を待って
あなたは今日も
海岸に佇む
指一本の骨でも戻ってほしいと

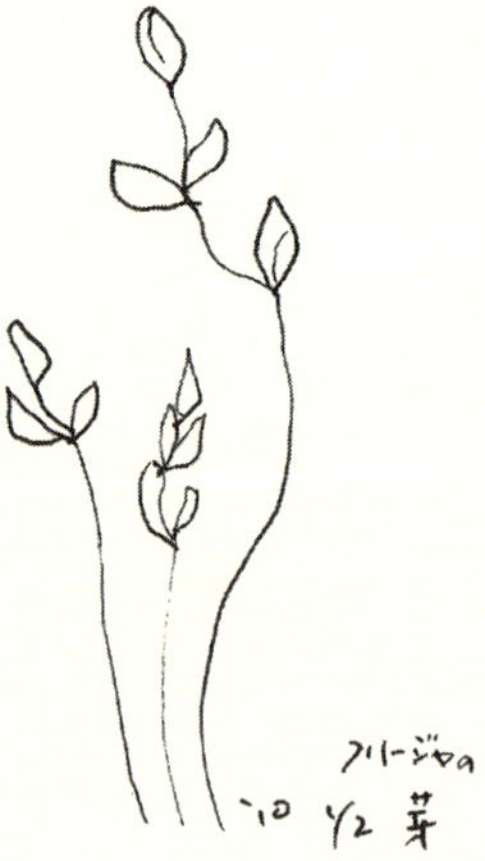

行きたい

被災地に行っても
どぶさらいもできない
荷物も運べない私が

行きたいのである
まるで恋人が待っているように
行かねばならないと
胸がせつないのである

すべてが流された海岸地域に
海がどんな顔をして押し寄せているのか
瓦礫の積み上げられた街で
命がどのように生きているのかを

すべてをなくした人々が
一からやりなおすために
その心のエネルギーを
どのようにして
回復しようとしているのかを

行きたいのである
被災地に
足の障害で重荷にしかならない私が
恋人のもとへ駆けつけるように
行きたいのである
心が逸ってしようがないのである

海沿いの町で

海沿いの町を
この夏　再訪した

向日葵が咲き
コスモスが咲き
カモメが舞い
何もなかったかのように
海面がキラめいていた

山のふもとから海岸まで
すべてが流された町では
去年よりガレキの山が大きくなり
いくつもの重機が働いていた

海水を吸った図書館の本が
がらんどうの建物の入り口に積み重ねられ
崩れた学校の建物の傍に
クラブ活動で使ったらしい
スパイクなどが転がっていた

雑草が背丈ほどのび
そこにつましい暮らしがあったと思えない
広大な空き地に
ふいにカネの音が聞こえてきた
山車を数十人のこどもや大人が引いて現れた
七夕飾りの短冊のような布をいっぱいぶらさ
　げて
詠うように通りすぎる

そのお祭りの山車が
一瞬　抗うこともできずに逝ってしまった
人々への鎮魂の祈りをあげるように
白日の炎天下
ゆっくりゆっくりゆっくり進んで行く
唯一の希望への案内人のように

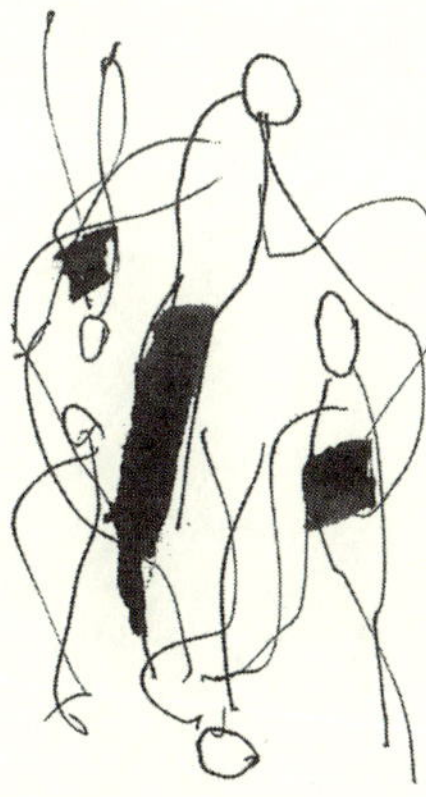

11・11反原発10万人大占拠に参加

大飯はとめろ
大間はやめろ
いますぐやめろ

子どもを守れ
赤ちゃんを守れ
どうぶつを守れ
未来を守れ
地球を守れ

原発いらない
再稼働反対
一基もいらない
原発なくせ
今すぐなくせ
世界からなくせ

短いフレーズの
よく響く
だみ声が
霞が関一帯に
木霊する

前や横の人の傘の
雨だれが頬や耳を伝う
わたしといったら
右手で傘を持ち
左手で

脚立で写真を撮る男性の足下を支えている
戦中生まれのお年寄りがマイクを持つ
お坊さんがお経を唱えながら訴える
小学生がパンチの効いたラップ調で訴える
ミュージシャンが演奏し歌で訴える

真面目な青年がトツトツと訴える
奇抜な身なりのグループが訴える
普通の男性が訴える
わたしも詩を朗読して訴える

黄色の雨合羽で
反原発の旗を掲げた自転車部隊が
一帯の道路を駆け抜ける

地下鉄を上がった人たちは
自然にデモのように歩きだす
にわか作りの楽器を
ガチャガチャ言わせながら
動物の毛皮を着て歩く人
人の演奏に唱和する人
声が声を呼ぶ

雨はもう三時間も降り続いていて
警備の警官も濡れそぼっている

日本の首都で行われた
大規模な抗議行動
わたしはその日友人とやっと参加した
翌日　大手の新聞は
この大占拠行動をほとんど無視した

わたしは確かに
見ず知らずの人々と連帯し行動した
その証《あかし》に
行動を共にした名も知らない友人から
後日電話がかかったのだ

時代が彼を人々の中に

中一での登校拒否から始まって
通信制高校にも行けず
十数年　引きこもってきた
二十九歳の青年が
官邸前の原発反対デモに
参加するようになったというのです

彼はまるで仕事にでも行くように
洗わなかった髪をシャンプーし
散髪にいき
ちゃんと服を着替えて
いそいそと出かけます

自分を守るために
引きこまざるを得なかった
目に見えない世の中からの重圧を抱えて
一人孤独な
精神の対話を続けてきた青年

放射能という
目に見えない魔物が
自分たちの存在を危うくしていることと
彼を脅かすものとの本質が
同じものだと
見抜いてしまったのか

毎回ドロドロになって帰ってきては
両親の前で

——原発はいらんのや
と報告するという

人が苦手で
外へ出られなかった
電車にも乗れない青年が
新幹線に乗り
在来線に乗り換え
一番人の多い東京で
何万人もの人々が集まる
官邸前のデモの列の中に
どうやって入っていったのか

時代が彼を呼びもどした
全く対極にある世界に

彼はそこで見ただろうか

効率優先の格差社会の中で
自己責任にとらわれて
きゅうきゅうとしている生き方ではなく
「原発ゼロ」ただ一筋に
健やかに連帯する人々の姿を

対人不安を抱えていても
なお信頼できる
人々の群像があることを

だから許しますか

見えない
におわない
掴めない
味もない

しかし現に福島原発は爆発したのだ
チェルノブイリ級の事故である
ベラルーシでは廃村になり
その産地のものは食べてはいけない
同じ0・25マイクロシーベルトの地に
日本では生活し続ける
東京都のほとんどが
チェルノブイリでいう第三区分
葉っぱはダメ　お砂場もダメ

給食をやめ　お弁当に変えたお母さん
事故後　東電はくり返した
—直ちに健康に影響はありません
それでも敏感な子どもたちに
症状が現れた
アレルギーがひどくなる
目が痛い
のどが痛い
爪がうすくなる
大人たちにもさまざまな症状が
わが子のおしっこから
セシウムが検出された

子どもを守るために
移住を決断したお母さんたち
家族がバラバラになるという
苦渋の選択までして

―なんでそこまで神経質に
との世間のまなざしにさらされ
仕事で移住できない夫との軋轢
理解してもらいにくい舅姑
家族とのストレスを最大限にためての決断

結局、子どもを守るのは
最後は母親
自分の悲しみは横に置いて

これらの事実を知ってか知らずか
ほとんど報道しないマスコミ

国民を守るべき政府が
あろうことか原発再稼働に前のめりになって
いる

見えない
におわない
掴めない
味もない

だからこんな事態になっていても
あなたは許すのですか

*チェルノブイリ
第三区分・・・移住の権利が認められる
第四区分・・・放射線管理区域、マスクをして、ほこりを立てないように歩かねばいけないエリア

棄民

開廷を宣言して
閉廷までわずか一分足らず
「控訴を棄却する」
のたった一言
法廷内には怒りの声が響いた
大阪空襲訴訟の高裁判決である

傍聴券を手に入れるために
一時間も前から並んでいたのに
何の説明もなく
あっけなく終わった

焼夷弾で大やけどし、左足を切断
義足をつける生活を続けてきたHさん
六才のとき左足を奪われ
死線をさまよったAさん

左目を失い空襲被害者救済運動を
四十年以上続けてこられたSさん

軍人軍属は総額五十兆円という
保障を受けてきたのに
被害者と遺族の訴えを
国の「受忍論」で退けた
〝戦争被害は国民が等しく
耐え忍ばねばならない〟という

空襲は自然災害でなく

国家の戦争政策が招いた人災である
一九四五年一月生まれの私が
HさんやAさんやSさんになっていても
不思議ではなかった

これは私自身の裁判である
裁判所は国家に加担してまたもや棄民をした

明日あなたのそばで

あつい　さむい
どころではない
こしがいたい　ねむれない
どころではない

いそがしい
じぶんのじかんがない
どころではない

普通に暮らしているところで
爆弾が炸裂するのだ
ロケット弾が撃ち込まれるのだ
料理をする台所にも

7月8日以来
犠牲になった人は1100人を超えた
毎日　なんの痛みもなく
きょうは○○人と新聞を読んでいないか

子どもたちの夢も
まずしいが家族だんらんの時も
和平に向けた使命にもえる生き方も

一瞬にして吹っ飛ばされ
なまえも知らぬ人々が
明日を断たれている

かつてナチスによる大量虐殺で
民族の悲劇を招いた人々の国が
自らの受難を忘れ
罪なき人々を殺しているのだ

ひとごとではない
明日、私やあなたのそばで
爆弾が炸裂するかもしれないのだ
わたしたちのくにの
選択によっては

私は歌わない

私は歌わない
心に鎖をかけられては
子どもたちに希望は語れない

私は歌わない
大陸での血ぬられた歴史を不問にすることは
民族としての居直り

私は歌わない
関東軍の一兵士として
銃剣と軍靴で大陸に渡った父の
無言の生涯を思い起こすが故に

私は歌わない
灰色の世界が広がって
いつか
息もできぬ日が来ると思うから

決壊

堤防が決壊し
大洪水になり
家も人も車も流され
帰らぬ人があふれた

我が国の堰も
決壊しようとしている
一度壊れたら
取り戻すことのできない
堰が

だから
あなたもわたしも
たとえ無力でも
土嚢の一つになるのだ
そのためにも
いまの事態を正確に掴まなくては

戦争に身体をはって　どうするの？

夫からよく聞かされる
明け方の私の寝言

夢の世界は
自分では制御できない
日ごろコントロールできている情動が
野生にかえり
ありのままを出すからだろうか

今朝の寝言は
はっきり聞こえたという
―生命が大事と言いながら
　戦争に身体をはってどうするの？
と言ったというのだ

続けてこうも言ったと
―いつも　うらみをもって生きるような
　そんな生き方をしたらあかん
と

いったい誰に向かって
言っているのか
秘密保護法や集団的自衛権など
いつの時代のどこの話だ
と思うことが進行している

意識しないうちに

自分の心の中に
せっぱつまった感覚が
育っていることを
この寝言は語っているのではないか
本能が敏感に感じている危険

私は寝言に叱咤激励されている
しっかりせよと

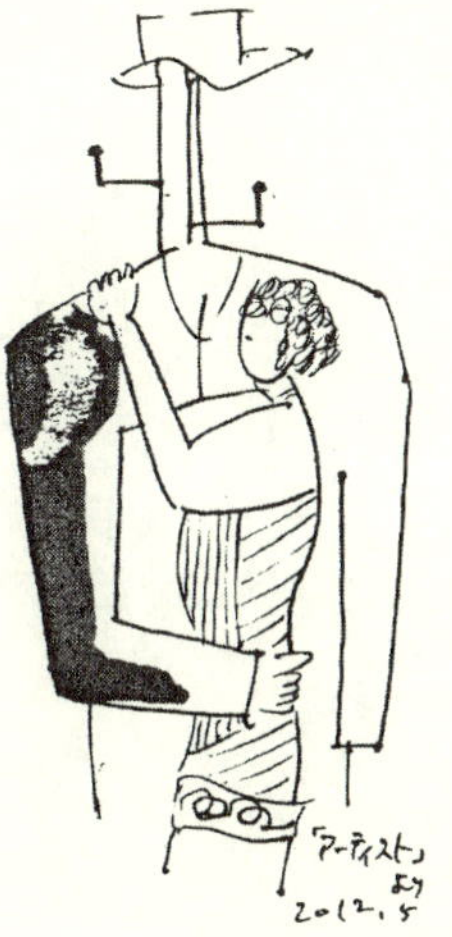

そこに居るべき人が

そこに居るべき人がいてほしい
そこにあるべきものがあってほしい

まるで空気を吸うように
それらは生きる術である

すべてを
大津波が引っさらってしまい
放射能が人々を追いたてた

抗うこともできず
居るべき人がいなくなり
あるべきものがなくなった

その喪失を埋める
代替物も　ことばもない

自閉症の子どもが
着るべきものにこだわり
時間や場所にこだわるように
それは彼らだけの特性ではなかった
それは生きるための安心

そこに居るべき人がいてほしい
そこにあるべきものがあってほしい

街角にたたずんで
ビッグイッシューを販売するホームレスの人も

ある日　彼がいなくなると
私の心は不安になる

後にはただ風が吹いており
変わらず風雪があり
時に芽ぶきの気配さえある

あなたの喪失を
希望を失ったあなたを
生きることが苦しいあなたを

想い続けること
担い続けること
私を生きること

肢体不自由児たちの疎開

光明特別支援学校
日本初の肢体不自由児の学校である
ここには脳性マヒや筋ジストロフィーなど
の子どもたちが学んでいた

B29が大都市の空を
飛び回るようになり
空襲の危険がある中
東京・大阪など大都市の子どもを
事前に避難させることが進められ
東京のほとんどの子どもが集団疎開していった

帝都学童疎開実施細目には
〝虚弱児童は集団疎開に適さない〟とあり

光明の子どもたちは首都に取り残された

教育はすべての者の教育である
肢体不自由児も教育を受けることで
有能な社会人となる
が持論の松本保平校長は

教室に畳を入れ
校庭に防空壕を四つも掘り
世田谷校舎に子どもたちを現地疎開させた

こんな子どもたちに教育するのはムダだ
非国民と言われながら・・・
しかし時局は厳しくなるばかり

東京都が疎開先を探してくれないのならと
単身長野県に行き疎開先を探した校長
旧山田村の旅館・ホテルを一軒ずつ回る
校長の熱意にやっと村長が重い腰を上げた
村長が経営する宿を貸してもらえることに

つぎに上山田までの移動手段を
鉄道局と交渉
車輌一両貸し切ってもらえることに

今度は子どもたちの治療器具の輸送手段
これは陸軍部隊長への直訴
〝本土決戦になれば足手まといになる〟
あえてそう表現し
トラック十台を確保した

こうして光明特別支援学校の子どもや教職員
　父母は
昭和二十年五月十五日午前十時
最も遅い疎開で
無事に宿舎にたどり着いたのである

その十日後
世田谷に空襲があり
校舎は焼け落ちた

疎開が十日遅れていたら
子どもたちの命はなかった

疎開後も
食糧難で
高学年の児童と教員が
リヤカーを引いて

農家に買い出しに行くなど
新校舎完成で帰京できる一九四九年まで
ことばにならぬ苦労が続いた

戦時下では
最も庇護されるべきものたちが
お荷物とされ危険にさらされた

戦後、肢体不自由児の学校が各県にも作られ
　ていき
昭和五十四年　義務教育化が実現した
このことを松本保平は病床で知った

今また戦争の危機が
近づいている
弱いものが
肢体不自由な子どもらが
切り捨てられないように

熱い夏

狭い書斎で
エアコンをつけて
電話をかける
外はセミの大合唱

平和憲法を守るために
原発再稼働をやめさせるために
消費税増税ストップのために
○○○さんに
力をかして下さい

けっこうです
他党です
きらいです

ガチャン

おおよそ
詩人らしくないことを
しているなあ・・・
なんて思いながら
めげずにナンバーをプッシュする

敗戦の年に生まれて
平和を守ることは
私自身の使命のように
思って生きてきた

若き日の

原水爆禁止運動の
署名板の上で
ゆれたケロイドの手

憲法九十六条を変えて
国会が憲法改正を
発議しやすくなる
姑息な流れが突然浮上した
戦後最大の危機だと思えた

らしくないなんて言っていられない
電話の向こうの見知らぬ人の
善意に励まされながら
ナンバーを
プッシュし続ける

平和のバトン

戦後七十年間
平和の恩恵を享受しつづけてきた

予期せぬ母との別れを耐えて
前へすすめたのも
貧しい夜学生だったわたしが
真っすぐ教職の道に歩めたのも
同じ働き学ぶ仲間だった
夫と出会えたのも
校内暴力で荒れた中学校で
生徒たちに体当たりできたのも
言葉のない自閉症児との
回路を求めて試行錯誤できたのも
退職後、教え子に励まされ
本格的に詩作を始められたのも
すべて平和という礎《いしずえ》があってのこと
わたしの人生は守られてきたのだ
この礎を
これからの時代の人に
手渡せなくてどうしよう

夢や理想の実現も
平和という安心の基盤があってこそ
貧しさや厳しい環境も
ハンディも乗り越えられる
あなたに必ず渡します

平和のバトン
あなたが夢に向かって
真っすぐ歩めるように

あとがき

私は、一九四五年一月に生まれました。空襲のサイレンが鳴り響いているとき、まだ産み月でない母が産気づいたのです。助産婦さんが来てくれ、「何も心配しないで、私がずっといてあげます。バクダンが落ちたら、いっしょに死にましょう」と言ってくれたとか。私は九ヶ月で生まれました。

三月十四日の大阪の大空襲のとき、母は連日の疲れで寝込んでいたらしいのです。あわてて、おしめのふろしき包みを持ち、もう一方には私の命綱のミルクの大きな包みをさげ、私を蒲団に巻いておんぶ、防空壕に走ったといいます。父が荷物を取ってくれたので、ゆすり上げようとしたら、蒲団だけしかなく私がすっぽ抜けていたらしいのです。手探りで足もとをさぐると落ちていたとか。上向きに落ちて泣きもせずに。

はしかからジフテリアになり、あわてて父が連れてきた医者は、来るなり血清注射をしたそうです。そして三国が丘の病院に入院しました。病院の窓は破れ、窓の向こうは結核病棟だったそうで、私は感染して結核性股関節炎になり、右股関節は固まり自由がきかなくなりました。この足と一生つきあうことになります。

いろいろありましたが、なんとか私は生かされたのです。

母とは中学校のとき生き別れとなりました。

それから、夜間大学に行き、夫と出会い、中学校の教師になり、今に至ります。いろいろ、辛いことや、体の不自由はありましたが、何より教室で出会った子どもたちとの日々に癒されました。

人生の迷子だった私は、確かなものを掴むために、いろんな人たちの間に入っていきました。それが、私の詩だったのではないかと思います。

そして、戦後七十年、私が歩み続けてこられたのは、平和憲法に守られてきたからです。安心の基盤があったからこそ、じぐざぐしながらも前に進めたのです。この「平和の基盤」をこれからの若い人にバトンタッチしたいのです、必ず。

貧しくとも辛くとも希望を胸に歩めるように。

出版にあたってお世話になった左子真由美様、尾崎まこと様に感謝しつつ……。

二〇一五年　五月

三浦　千賀子

三浦千賀子（みうら・ちかこ）

1945年生まれ
中学校で31年間教員生活
現在　ＮＰＯ法人　おおさか教育相談研究所の相談員

詩集『憧憬　わたしの子どもたちへ』（アットワークス）
『自分のことばで』（清風堂書店）
『一つの始まり』（竹林館）　他
教育エッセイ　『自閉症の中学生とともに』（未来社）
関西詩人協会会員
大阪詩人会議「軸」会員
詩を朗読する詩人の会「風」に参加

住所　〒590-0114　堺市南区槇塚台4丁1- 4

詩集　今日の奇跡

2015年　5月20日　第1刷発行
2016年　3月　1日　第2刷発行
著　者　三浦千賀子
発行人　左子真由美
発行所　㈱ 竹林館
〒530-0044　大阪市北区東天満2-9-4　千代田ビル東館7階FG
Tel　06-4801-6111　Fax　06-4801-6112
郵便振替　00980-9-44593　URL http://www.chikurinkan.co.jp
印刷・製本　㈱ 国際印刷出版研究所
〒551-0002 大阪市大正区三軒家東3-11-34

ISBN978-4-86000-308-1　C0092

定価はカバーに表示しています。落丁・乱丁はお取り替えいたします。